それが好きか、心に聞いてみる

毎日、ふと思う⑲　帆帆子の日記

浅見帆帆子
Hohoko Asami

廣済堂出版

カバー・本文イラスト／浅見帆帆子

つれづれなるままに、日くらし、硯《すずり》にむかひて、
気の向くままに　毎日パソコンに向かい
心にうつりゆくよしなし事を、
ふと思いつく何気ないことを
そこはかとなく書きつくれば、
なんとなく書いていると
あやしうこそものぐるほしけれ。
不思議なほどワクワクしてくる

吉田兼好

浅見帆帆子

2018年10月1日（月）

数日前からプリンス（息子、1歳）にオルゴールを聴かせている。結婚のお祝いにいただいた、ものすごくたくさん弦のあるオルゴール。長い演奏が終わると、ムクッと起き上がって拍手をしている。

午後、ママさんに預けて仕事をする。仕事を始めると3、4時間はあっという間。最近、少しずつペースができてきた。でも新刊の原稿を書く余裕なんてまったくない。毎日のアメブロと連載2本の原稿で精いっぱい。

そして5月から始めている「引き寄せを体験する学校」。これを毎日更新して生徒さんからのコメントを読む作業も忙しい。なんと言っても、「校長先生」だしね（笑）。

ニューヨーク出張の夫は、明日の夜に戻る。この数日、まったく寝てくれないプリンスも、最後にパパに電話をすると「これはもう寝なくては」と観念するようだ。

10月2日（火）

朝起きたら、プリンスが喉をガラガラさせている。風邪かな。

夫から10通くらいラインがきていた……帰りのＪＦＫ空港で、一度乗った飛行機から降ろされ、エンジントラブルで欠航になったらしい。次のチケットを取るために、今も空港の列に並んでいるという。なんと……。

でも、欠航になる前にラウンジで思わぬ知人（Ｉさん、仮）に会ったようで、Ｉさんと一緒に並んでいるらしく、にこやかに笑っているふたりの写真がきていた。

電話したら、みんな大混乱だという。今もチケットカウンターの列はほとんど動いていないらしい。

ん？　ということは、今晩は戻ってこれない？　どころか、明日戻れるかどうかもわからないと言う。

とりあえず、明日の撮影は延期だね。明日は自宅で家族写真を撮ってもらうことになっていたのだけど、無理そう。でも私は数日前からきている「ワクワクの波」が続いていたので、「いいことしか起きる気がしない」というモード。

なんだか面白いことになってきた……そう思っているところへ友人から赤福の「朔日餅《ついたちもち》」が届いた。今月は栗餅。

赤福の朔日餅の中で一番好きかも。続けて出版社からはお米が届く。そろそろお米がなくなる、と思っていたのでこれもうれしい。

「流れ、いいね！」と思い、明日の撮影チームにリスケのメールをする。この撮影は、私たちのウェディングを担当してくださったオーストラリアとアメリカの撮影チームにお願いしている（本当に素晴らしい！）。普段海外にいることが多い人たちなので、半年ほど前から予定を調整してやっと明日に決まったので、リスケしたらすごく先になってしまうかも……。

今年のクリスマスカードに使いたいのだけど……。

でもまぁ、これもよいようになるだろう。プリンスの体調もいまいちだから、ちょうどよかったかも、と思い直す。

それからもうひとつ、明日の夜、夫と一緒に出かける集まりにも連絡した。これもすごく前から決まっていて大勢が関わっているので気がひけるけど仕方ない。

「その後、どうかな?」とラインする。長時間並ぶのは疲れるけど、Iさんのおかげで話し相手はいるし、そんなに困ってなさそう。

帆「もう、その状況を楽しむしかないね……」

夫「実はさ、ちょっと面白いことがすでに起きている」

さて、私は仕事へ。今日は新しい仕事で動くので、とても楽しみ。天気もいいし、あまり行ったことのない下町へドライブ。

移動の途中、明日のカメラマンたちから、「リスケするから心配しないで」という返信がきた。そして1ヶ月後の11月はじめに決まる。この時期に日本にいるなんて珍しいそうなのでよかった。もうひとつの件も、あっさりと延期になった。いろんな事情があるそうで、リスケを申し出たら逆に感謝された。

「やっぱり、いい流れ」と顔を上げたら、そこにはガソリンスタンド。10日ほど前から、運転席のところに「タイヤを点検してください」という表示が出ていたので見てもらう。パンクしていた。仕事のあとにまた来ることにして、目的地へ。

そこへまた彼からライン。無事に明日着の飛行機が取れた上に、今日の宿泊費の一部は航空会社持ちで、今、思わぬ増えたニューヨーク滞在を楽しんでいるという。
帆「よかったね——」
夫「帆帆ちゃんの言った通りだね、行く前にアイフォンを取り替えたあたりから流れが変わった」

↓渡米直前にアイフォンが壊れ、ギリギリで新しいのが来た。「これで流れが変わるよ」と言っていたので。

帆「宿泊費も、よかったね」
夫「いや、そんなことはどっちでもいいんだけど（笑）」
帆「重要ですよ〜、気分の問題！（笑）」
私も楽しく仕事をして、タイヤも直してもらい、ウキウキした気持ちで家に帰ろうと交差点をUターンしたら、Uターン禁止だったらしく、あっという間にパトカーに捕まる……フッ（笑）。

10月3日（水）

きのう、Uターン禁止で捕まった件。
曲がった途端に「ウーーーーー」と突然鳴り響くあのパトカーの音ってホントに嫌よね〜。たいていは、「私かなとドキッとしたら違った」という結果なのに、本当に私だったわ……とひとりで誰かに説明をつぶやく。

さて、そんなわけで今日は撮影も出かける用事もなくなったので、ポカンと空いた。プリンスも風邪気味でゴロゴロしているし、のんびりして掃除しよう。

私の好きなアメリカの子供服ブランド、これまでハワイに行くたびに買っていたけど、探してみたら海外通販があったので、セーターやベスト、コート、靴、来年の春物など、まとめて買う。いい一日。

10月4日（木）

プリンスの体調はすっかり戻った。

そういえば、先日、不思議なことがあった。ママさんとプリンスと3人でいつものカフェに行ったときのこと。私がコーヒーを買って外で待っているふたりのところへ戻ると、プリンスが見知らぬ女の人に抱っこされていた。ママさんによれば、20代後半くらいのその女の人にプリンスが突然走って行ってそのまま抱っこされたらしい。もちろん知らない人だ。抱っこしている彼女もびっくりしている……そりゃそうですよね～。最近プリンスは人見知りが始まっているので、たとえば私の父などにも簡単には抱っこされないくらいなのに。

「なんでしょうね、前世のつながりかな（笑）」

と言って笑う。これでいつかまたここで会って、そのときもプリンスが変わった反応をしたら、なんかあるね。

私の小学校からの同級生と、その子供のAちゃん（プリンスの1年上の女の子）と会う。まずお昼を食べて、おもちゃや滑り台のある場所で、子供たちを眺めながらおしゃべり。最近わかってきたけど、主婦って、子供を遊ばせながらのこのおしゃべりがすごく息抜きで楽しいのかもしれない。貴重な憩いの場。感情共有の場。世間話の持つ癒し力。私には必要ないだろうと思っていたけど、なってみないとわからないものだ。

帰り際、アメリカ育ちのAちゃんに「Hug♥Chu」と抱きつかれて、びっくりしていたプリンス。

家が綺麗で気持ちがいい。キッチンに行っても、「落ち着いて料理をしよう」なんて気持

ちになる。これを維持したい。

10月5日（金）

きのうの夜遅くに夫が帰ってきて、じっくりと話を聞いた。

たしかに、飛行機アクシデントのおかげでワクワクする面白いことが起きていた。「欠航になってよかったねーーー」という……。

今、ニューヨーク大学の同窓会（アジア支部）の会長をしていて、去年日本でやったイベントが本部に表彰されたので受賞式に行っていたのだけど、旅のメインがすっかり飛行機アクシデントに移ってる。

帆「いよいよくるね」

夫「何が？」

帆「なんか、いいこと」

きのう、昔の「毎日、ふと思う」をチラ読みしたら、やたらとダイエットについて書いてあって驚いた。あの頃はいつもそれを気にしていたみたいだ。その感覚、ちょっとは覚えているけど、今はまったく気にならない。ダイエットに興味はなくなった。たぶんあの頃は、今より自分に自信がなかったのかもしれない。別に今は自信があるということではないけれど、今は自分の信念、拠《よ》り所、考え方の根幹があの頃よりしっかりしているので。

こんなふうに、昔気にしていたこととか昔ダメだと思っていたことって、あとから見るとまったくとるに足らない小さなことだったりする。今も、あとから見ればそうだろう。

10月6日（土）

今日からまた3連休。夫の早朝の用事がなくなったそうなので、アメリカンクラブへブランチに行く。

数ヶ月前までレストランにあった子供用の「ボールプール」がなくなっていた。あら残念、プリンスをあそこで遊ばせたかったのに。代わりにできたプラレールのような電車のおもちゃで遊んでいるので、そこに一番近い席に座って、彼はエッグベネディクト、私はパンケーキを頼む。

パンケーキは失敗だった。

「ここはね、やっぱりビュッフェが一番まともなんだよ」と彼。

それから体育館の続きにあるキッズスペースでプリンスを遊ばせて、帰り、学生時代の先輩家族と駐車場でバッタリ会った。彼女とは2、3年おきにいつも思わぬ場所で出会う関係。軽井沢のスーパーとか、1回だけ行ったプリンスの病院とか、人生の節目的なときにバッタリ。

こういうのってなんなんだろうね。彼女のことを考えていたわけでもないし、会ったからって連絡先を交換するわけでもないし……あ、したほうがいいのかな。

午後、ショパールの展示会へ。招待状が仮装パーティーをイメージしたアイマスクだった。

自宅のリビングに作っていた木のヨットがついに完成した。高さ2メートル弱、横1・7メートルの大人の積み木。右下のブロックにプリンスの名前を書いて、完成。後ろの絵ともマッチしていていい感じ。

やっと、やっと少し、部屋が落ち着いてきた。

この部屋が居心地よくなるまでまだまだ先は長いけれど、今は体力がいっぱいいっぱいで考えられない。

はあ、最近ちょっと疲れている。

10月7日（日）

天気予報によると今日は暑くなるらしいので、予定していた通りに芝生の公園へ行く。

家族3人の朝食やプリンスのお弁当を忙しく準備しているあいだに、彼は自分の用事でパソコンに向かっていて、それが終わったら「車を出してくるね」とさっさと駐車場に行ってしまい、大量の荷物と一緒にやっと私とプリンスが乗り込むと、

「ビニールシート、持った？」

とか言ってくる。

「おい、そのあいだに私はプリンスの身支度とお弁当作りと、私自身の支度をして、朝食の片付けをして、仕事のメールをチェックし、家中の窓を閉めて、走りまわるプリンスをバギーに乗せてやっと今ここにいるのに、あなたは自分の用事でパソコンに向かって、あとは車を出しただけで、それで『ビニールシート、持った？』だとーーー？」とまくし立て、「黙って座っていれば、全部用意ができあがっていると思わないでねっ！」と言って、鼻息荒くビニールシートとタオルを取りに戻る。

カフェで、電話しておいた私たちのランチを受け取る。頼んでいないカフェラテがついていた。「帆帆ちゃんの機嫌が直るように」とか言ってる夫。

あ、さっき、ビニールシートとタオルを取りに戻ったときに私の携帯を忘れてきた……ということで、一度戻る。

公園は、すっかりファミリーの憩いの場だった。

広場正面の大木の下にシートを敷いて、飲み物や荷物を四隅に置いて、私たちのテリトリーを作る。あ、車の中に財布忘れた。

まず、お昼。大人はカツサンドとタマゴサンドとシーザーサラダ。プリンスにもサンドイッチの味の濃くなさそうなところを少しあげる。

シートの上に慎ましく座って、自分のお弁当以外のものを一口もらうたびにお辞儀をしているプリンス。

「さあ！遊ぼう！」とボールを持って立ち上がる。芝生の上を駆けまわるかと思っていたけれど、私を振り返りながらこわごわと……そうか、まだそういう感じね。

20分ほどで休憩。日陰に入るとサーッと涼しい風が吹き抜ける。

寝っ転がった木々のあいだから真っ青な空。湿度もなく、風が吹くと緑の香り。

夫とプリンスが椅子に座って向こうを向いているいい写真が撮れた。

それからまたプリンスと走って……もう充分だよね、と片付ける。正味、3時間。

芝生の真ん中で遊んでいるプリンスを残して、私たちがどこまで離れたらいないことに気づくか、様子を見守った。

5メートル、10メートル、20メートルほど離れても、まだ気づかない。40メートルくらい離れてようやく私たちがいないことに気づき、「あれ？　いない、どこ行った？」とキョロキョロしている姿は……まるで犬。私たちが名前を呼ぶ声が聞こえても、どこから聞こえてくるかわからないようだ。前を見て後ろを見て、空なんて仰いでる……やはり、犬。

「いた！　あそこにいた！」とようやくこっちに気づいてヨチヨチ歩いてくる姿は本当に愛くるしい。

帆「帰りにアイスでも食べない？　○○か、□□に寄ろうよ」

夫「え？　遠いな、もっと帰り道にないの？」

帆「……ない」

と話しながらパーキングから車を出したら、公園の前にアイスクリーム屋さんができていた。今日はスマホを忘れたり財布を忘れたりバタバタしていたので、ものすごくうれしい。

戻ってもまだ3時。

夜はバジリコのパスタと鶏肉のトマト煮込み、お豆腐ともずく。

10月8日（月）

彼はゴルフ。私とプリンスはママさんを誘って散歩へ。

大使館が開放されてお祭りをしていたので、中に入って展示物などを見る。

それから近くのベビー服のお店を見て、これも近くの「いつも閉まっているけれど素敵なものがあるお店」が珍しく開いていたので入る。

ガラスケースの中にあったバッグに惹《ひ》きつけられた。アカシアの木でできている工芸品のようなバッグで、スコットランドのものらしい。買った。

店長さんともいろいろ話せて楽しかった。ひとつだけ残念だったのは、私があり得ないほどひどい格好をしていたということ。私の好きなお店がせっかく久しぶりに開いていて、こんな素敵なものを見つけて、店長さんともいろいろな話ができた楽しい日に限って、これ。出がけにプリンスが私の洋服に麦茶をこぼして汚れたので、そこにかけてあった変なウィンドブレーカーみたいなのを羽織って出てきたのだ。靴も、雨が降りそうだったからビーチサンダルだし。ちょっとそこまで行って雑用をすますはずだったのに、この格好で大使館にも入り、このお店にも入るなんて。

そしてさらに!! 家へ帰る途中、この最悪の格好で思わぬ人に会ってしまった。私が好きな人……というか、今すごく興味を持っている人。ある共通点があるので会えば会釈くらいはするけど、それ以上の展開はなく、距離も縮まらず、めったに会えない人。こんなに近くではじめて会ったのによりによってこんな格好……と気が沈む。それはたとえば、ものすごくセンスのいい憧れの人にはじめて紹介されたときに、わざわざいつもしていないようなおかしな格好をしていた、という感じ。ああ……。

「人生には思わぬことが起こるものだね〜」

とガックリとママさんに言う。

マ「あら、その気の抜けた感じが相手にとっては意外とよかったかもよ?」

帆「そんなにひどい格好じゃないわよ? とか言ってくれないんだね」

マ「うん、だってその格好ひどいもの……」

帆「……そうだよね〜、やっぱそうだよね〜(泣)」

今、夜中の3時すぎ、プリンスの夜泣きで目が覚めた。

カフェオレを淹《い》れる。最近、「仕事の時間が欲しいな」と思っていると、夜中に突然こんなふうに目が覚めることがよくある。こういうのも引き寄せの力だろうな、と思う。今日も、あの「あまり開いていないお店」で店長さんと話したことは、私がこの10日ほど考えていたことへの答えだった。

引き寄せって、結局、その人の日々の思いの反映。日常のなにげないときになにを考えているか……「あれを知りたいなあ」と思っていれば誰かの口を借りて教えてくれるし、「仕事の時間が欲しいなあ」と思っていれば夜中に作られる。

今の波動が未来を作っている……ということは、たまにやってくる、あのワクワクした言いようのない至福のときというのも、過去の私が作ってきたワクワクの集大成なのだろう。

10月9日（火）

最近ずーっと沈みがちな私だけど、きのうは体調もよかったし楽しかった。

買い物したからかな……買い物したからそれって、ダメだよね。

とか思いながらママさんに電話すると、

「そんなもんよーー（笑）」と笑い飛ばされた。そうだよね。

公共の場で常識を疑うような人を見たり、思わず一言言いたくなるような人（本人にじゃなくて内輪で）を見たりしたときは、それについて深く考えるより前にさっさと忘れようと思う。それについて語り出したら、もう相手のエネルギーと同じになってしまう感じだ。

このあいだ、「引き寄せを体験する学校」でも似たような投稿があった。

「子供への接し方について違和感のある人（親子）を見たりしたとき、前だったらそれを見ながらモヤモヤしたり、自分のなにかを変えようとしたり（合わせようとしたり）、または自分と意見の合う人とそれを話題にして批評したりしていたけれど、今はすぐにそれが目に入らないところへ動く」

というもの。そうやって気にしないようにしていると、そういう人自体、出会わないようになる。

今日は新月だ。この半年ほどお休みしていたけれど、またお願いを書こうと思う。

10月10日（水）

10月とは思えないほど蒸し暑い。

午前中、秋物の買い物へ。プリンスと遊びに行くのによさそうなカジュアルなものを上下合わせて6着買う。

公益財団法人スクールエイドジャパン（ＳＡＪ）を通して支援しているカンボジアの私の里子（ヴィサール君）が、無事に中学を卒業したらしい。気づいたら、もう7年も支援していた。卒業後は、プノンペンの専門学校で寮生活をするという。

これまで同様、ヴィサール君を支援するか（その場合はＳＡＪが運営する奨学金制度を通して）、それとも同じ孤児院で新しい里子の親となるか、連絡がきた。ちょっと考えよう。

10月11日（木）

今、ビックリしたことが……。プリンスが机の上のケーキに手を伸ばしていた。「それはダメよ」と言っているのに何度も。

ハッと私が振り向いたら、机の上によじ登っている。「まずい、見つかった」と思った瞬間、困るどころかニッコリして私に手を振ってきた……これはツワモノだ。

そろそろ来月のファンクラブツアー（アメリカのセドナ）の準備を始めなくては。企画や詳細は何ヶ月も前からバッチリ。気持ちの準備もできているので、あとは私自身の持ち物や洋服など。

その準備のひとつとしてソフトバンクショップへ。私のアイフォンは、「アイフォン自体がWi-Fiになる」というサービスに入っていないそうなので見てもらいたい。

混んでなさそうな小さな駅のソフトバンクショップを予約したら、素晴らしくよかった。まったく混んでいないし、案内もスムーズで話も明瞭。

Wi-Fiになる機能がついた料金プランに変更し、データ通信量もバージョンアップしてもらった。もうひとつ、これも前から気になっていた、「アメリカ放題がうまく機能しないことについて」も解決してもらった。スッキリ！

「今日のサービスについてのアンケートが届くと思うのでご協力ください」と言われたのであとから届いたメールに記入して送る。すべて「素晴らしい」に丸をつける。家族にもこの店舗を勧めたいと思いますか？というところもクリック。

帰りにツタヤに寄ったら、私が昔大好きだった絵本『わたしのおふねマギーB』があったので買って帰る。ずっと大事にとってあったのに、実家のどこを探しても見つからない。

10月12日（金）

きのうは『わたしのおふねマギーB』をゆっくり読んだ。やっぱりとても好きなところがある。好きだった絵本類、そろそろプリンスに読み始めよう。

さて、アイフォンがスッキリしたと思ったら今度はクレジットカードだ。

クレジットカード差し替え（カード番号変更）の案内がきている。「以前このカードを使ったある端末が原因で、カード情報が抜き取られている恐れがあるから今のうちに変更を」だって。こんな案内はじめてきたけど、この案内自体に怪しいところはないみたい。

ちょうど先週、ずーっと旧姓のままだったクレジットカードの変更届けをして、今新しいカードを待っているところなのだけど、そのカードが届いたら、それもまた番号変更をしなくてはならないのかな？　それって面倒だし、11月のセドナまでに間に合う？　こういう手続きって、たいてい予定より時間がかかるし、私の苦手な手続きものがドバッとやってきそうで気が重い。

まずは美味しいものでも食べて気分を切り替えよう。

そして、気持ちが切り替わったところでカード会社に電話。今待っている新しいカードは、すでに番号変更がすまされているって。よかった。


プリンスは本当に運動が好きみたいだ。室内の遊具が充実している遊び場所に行くと、同じ年齢の子供たちがよちよちとボールを追いかけている中、鉄棒やうんていに果敢にぶら下がりに行く。

「2歳児って、こんなだったかしら……」

と一緒に来たママさんも驚いている。

「いや、こんなじゃないでしょ。だって、まわり、見てよ」

自分で鉄棒に
とびついているのは
プリンスくらい
「けんすい」をしそう…

10月13日（土）

私がデザインしたお財布が発売されるのだけど、なかなか製作過程に入れない。使える革の色が限られていたり、色が充分あると材質がイメージと違ったり。なんでこう……もっとすべてのものが同時にそろって選べないのだろうか。

と思うけど、それぞれに事情があるのだからそれを尊重しなければ。

人生は、その人が思った通りに流れていくと思う。

たとえば「人生に起こることはプラスマイナスゼロだよ」と思っている人は、実際にそういう人生を体験してきたからそう言っているのだろう。または、まわりの人たちがみんなそうだったからだろう。

「物事のプラスの面を見ていればプラスの展開をしていく、なんてそんな簡単なことではないと思う」と思っている人は、これまでもそうだったのだろうし、その考えでいる限り未来もそうだろう。

過去からの積み上げで物事を考えていると、これまでの人生と同じことの繰り返しになるよね。

過去がどうであったかよりも、自分が「そうだといいな」と思うことを信じればいい。そうすれば、その通りになる。人生、思い通り。

得できる。

ということは、今の私の生活も私が選んできた結果。そう思うと心安らかだし、心から納得できる。

10月15日（月）

プリンス、1歳5ヶ月。この数日、プリンスに変化が感じられる。

突然スプーンを使って自分で食事を食べるようになったし、前よりさらにこちらの言っていることがわかるようになってきた。自分が聞いたことのない言葉や長い文章で話しかけると、「え？」と聞き返してくる。

男の子ふたり（彼女いわく、怪獣2匹）がいる友達が遊びに来た。

彼女もものすごく忙しい仕事を持っているので、「まあ、なによりも毎日をHandleすること自体が大変だよね」と。ハウスキーピングをお願いしているフィリピン人とのエピソードが面白かった。何度言っても、ご主人のとても高級なセーターを洗濯機でガンガンまわしちゃうとか。

外国人でも日本人でもそれぞれに長所と短所、両方ありだよね。

なにを最優先にしたいか、我が家にとってはなにが一番大事か、それがはっきりしている人は気持ちがいいし、ブレない。

プリンスの動きを見て「元気だね……昼寝していなくてこれなの？」と、笑ってた。

彼女は去年、プリンスが生まれて数ヶ月の頃に会ったときに、

「これからどんどん可愛くなるよ」

と言っていて、その言葉が心に残ってる。

あれから1年経って、今実際にそうなっているし……だから今の彼女を見ていると、プリンスともっと意思疎通ができるようになってもっと気楽に出かけられるようになったらもっと楽しくなるんだろうな、と想像できる。

パワフルで、会うとスカッとする大事な友達。

10月16日（火）

やらなくてはいけないことを考えてそれを終わらせようというこなし作業になっているときは……なんて言うか、閉じている。昔、キムタクのそういうＣＭがあった。「閉じているか、開いているか」とかいう。

閉じているときは楽しさを感じられない。でもそのときに、まわりにある美しいものに目を向けてみる。

美しいものってたとえば……そこの壁にかかっている母の描いた絵だったり、目の前をチョロチョロしている可愛い息子だったり、息子を抱えて料理をしている自分自身だったり。「美しいもの」と言うより、「今私はすごく幸せなことをしているんだな、ということに意識を向ける」という意味。すると急に開いてくる。

お昼は友人たちと、広尾の中華へ。

私以外は医療に携わる人たちなので、最近ニュースになっている医学部の不正入試（女子受験者の点数操作）の話になる。

……なるほどね。それが良いか悪いかは、それぞれの立場によって変わる。なにも知らない人がそれを見れば、「なんてひどいことだろう」と感じることでも、内部の人たちにとってみれば、それがそうなっているきちんとした理由や、だからこそまわっている仕組みがあるわけだ。

それ、よくわかる。知らない人たちに、一般的な善悪の基準で価値観を押しつけないでもらいたいよね。

だからこそニュースは、「一応の知識として情報を入れるだけ」で、知らない人がとやかく言うことじゃない、とよく思う。

今回のように、そこに携わっている人や専門家ならともかく、それ以外の個人的な意見や検証なんて、ほとんど興味がない。

そんな中で、私がテレビなどで映っていて思わず「なんて言うかな？」とコメントを聞きたくなるのは「ヒロミ」と「ホリエモン」。共通しているのは。頭がよく、体制に流されていない自分の世界をしっかりと築いた人だから。なにかを忖度《そんたく》したり、遠慮したような発言がないから。

10月17日（水）

ここに引越して5ヶ月近く、少し前からプリンスは自分の部屋で寝始めた。

夜中に起きて、私たちの部屋にトコトコとやってくるのにもすっかり慣れた。今、2時半。プリンスは私たちのベッドで眠り、私はそのまま目が冴《さ》えたので、本棚に行って本を眺める。

無性に精神性を高める本を読みたくなるときってあるよね。久しぶりに「聖なる予言」シリーズの大事なところを読み返したら、やる気が出てきた。

そうだ、これこれ。この「自分の意識でどんな方向にでも自由に向かって形にしていける」という自由でなんでもできる感じ。しばらく忘れてた。
ソファを居心地よくセットして、ゆっくり本を読もう。これから秋の夜長のシーズンになると思うとうれしい。

プリンスのエネルギーをもっと消費させないと、と思い、午後は友人宅へ。
そこの家のムクムク犬がプリンスの相手をしてくれた。犬を追いまわして大喜びなプリンスと、それに付き合ってくれる大人な犬。お尻を叩かれても尻尾をつかまれてもジーッと耐えている。
それから近くの公園で遊び、そろそろエネルギーを消費しただろうという頃に帰る。

10月18日（木）
毎日、プリンスのことで追われる日々。授乳にも体力を奪われ、仕事をする時間はほぼ、ない。吉本ばななさんが「あっという間におじさんだから、とにかく一緒にいる時間は貴重」というようなメッセージをくださったので、気分を持ち直す。

10月19日（金）
「死はない、形を変えて永遠に続く生があるのみ」
これを理解することが究極の癒しだよね、とママさんと話す。

10月20日（土）

疲れている。きのうもやることをやり終えてベッドに倒れこんだ。

今朝起きて、今なにが一番したいかと考えたら「自然に浸りたい」だったので、周囲を緑に囲まれた近くのカフェのテラスでボーッとする。

このカフェのすごいところは、結構人がたくさんいてもまるでいないかのようにひとりの世界に入れることだ。まわりを気にしない外国人が多いからかな。私ももっとまわりを気にせずに生きたい、とかボーッと思う。

駐車場の自動発券機の前を通り、機械が自動で話したら、「おおおおおおおお」と感心してしばらく見ているプリンス。最近お気に入りのパンプキンセーターなんか着ちゃって。

夜はママさんの誕生日で食事へ。「みんなで集まるより、あなたとゆっくり食事がしたいわ」と言うので、プリンスを夫に預けてふたりでとなった。たしかによかった。いい誕生日。あ、これは本人が言うことか（笑）。

10月22日（月）

今日は仕事で出る予定がつまっているので、「まぐまぐ」の原稿を書きに家に戻ってくることができない……ということは、移動中の外で仕事をしなくてはならない。私はカフェなど、ひとりではない環境では執筆ができないので、苦しい気持ちで「うーん」と考えていたら、「いいなあ帆帆ちゃん、ノマドじゃーん」と夫に言われ、急に楽しくなってきた。
ああ、最近、私、閉じている……。

プリンス、寝る前の授乳が終わって、「さあ寝ましょう」というときになってもまだ自分の部屋の本棚によじ登ったりして、エンジン全開。
お願い、もう寝て。

10月23日（火）

毎日の疲れが溜まりに溜まって、もうどうにもならないところまできた気がする。今朝、起き上がれないほど疲れているのを感じて、これはなんとかしないと……と思った。やっぱり授乳が原因だと思う。知らないうちに体力を搾り取られているのだろう。なにか、体力をつける新しいことしようかな、でも、そんな時間があったら他のことしたいしね。もうすぐセドナだからそこでパワーチャージかな。

今日のプリンスの隠れ場所は、私たちの寝室のベッドのマットレスの下。こんなの、どうやって持ち上げたんだろうか……。

10月24日（水）

新居のリビングだけど、広いぶん、ガランとしている。こんなに大きなヨットを置いても、まだガラン……。まぁ、そのおかげでプリンスは毎日存分に走りまわっているからいいね。今は子供仕様の内装とインテリアでよしとしよう。

10月25日（木）

今後の体力増加について友達と話していたら、「帆帆ちゃんの場合、今より体力がついてもそのぶんたくさん動きまわるから、またなくなると思うよ」と言われる。

友「いつも全力投球だから」

帆「え？　そう？　全然そういう感じはないんだけど」

友「全力投球している人って、たいていそう言うんだよね」

へぇ、むしろ、「もっとひとつに集中して全力投球しないといけないな」なんて思ってた。

10月26日（金）

今日から、朝起きてすぐに全身にエネルギーを取り込むことにする。地球というか大地というか、大気中からエネルギーを取り込んで全身を満たす感じ。

プリンスに「痛いの痛いの飛んでけー」をするときに、私の手の平にプリンスの痛みを全部吸いあげて遠くにほうり投げる、というイメージをしながらやるとすぐに笑うので、「体に必要なエネルギーが、今入ってきている」と信じることにする。

午前中、夫に時間があるというので、美味しい朝食を食べにカフェへ。プリンスはパンケーキをむしゃむしゃ食べてから、外の席に座っている犬を眺めている。最近、ようやくパンケーキをあげていいことにした。

トラブルが発生したときに、すぐに「こちらは悪くない」という防御を張るのって嫌だなと思う。会社レベルでも個人レベルでも。

きのう、あることに疑問があってそこのセンターに問い合わせをしたら、はじめから「調べたとしてもこちらは責任がとれないけど、いいですか?」ということをやたらと何回も繰り返すので、それだけで疲れた。

そちらのミスを指摘したいのではなく、どういう状況かを知りたいだけなのに。それを何回も言っているのに……。

個人でも、すぐにそういうバリアを張る人っているけど、そのスタンスでいる限り、それ以上の広がりはないよ、と思う。

10月27日(土)

あっという間に10月も終わり。

今年は本当に早い、まだなにもしていないのに。

そう思って今年したことを考えてみたら、結構いろいろやっていた。理想の部屋に引越しもしたし、オンラインサロン「引き寄せを体験する学校」も始めたし。

今日は10月の「ホホトモサロン」があった。

そこで思ったことだけど、「正しいオーダーをする」というのはとても大事なことだと思う。

正しいオーダーをすることによって、引き寄せの効果は増す。効果的なのは、とにかく

「最終の状況」を思うことだ。

なにかを解決したいときは、

「それについて〝本当によかった〟とホッとするような状況になる」

とか、解決したい内容によっては、

「それが私にはまったく影響を及ぼさないようになる」

など。他人から被害を受けている、という場合によくあることだけど、そのときの一番の望みは、その困った人の問題が解決することよりも、「それがあってもなくても自分の状況や態勢にはいっさい影響がない」ということだ。なにも影響がなく幸せを感じられること。

その問題自体を具体的に解決しようと思うと、「こうなって欲しい」というエゴが知らぬ間に入る。そしてその通りに進んでいかないとヤキモキする。そもそも、その問題が解決するかどうかは、それに直接関わっている人たちのテーマなので、あなたには関係ない、ということも多い。

なので、

「自分になんの影響もなく、気にならず、それとは関係なく幸せになっているところ」

を想像するのが一番シンプル。


いい加減、セドナの準備をしなくちゃ。実質的な準備。

まず、トランクを出した。

10月28日（日）

朝、エネルギーを取り込むようになってから、信じられないほど気分がいい。

ママさんも、最近ずっと、毎朝ベランダの植木からエネルギーを取り込んでいるという。「そうしていると、クリスマスの電飾がついているみたいに木がキラキラ光って見えてくるのよ」と言っている……私はそこまで見えないけど。

昼間は家でまったりと。

プリンスが家中を走りまわっているので、夕方から夫と3人で公園へ。

夕焼けをバックに浮かび上がっている木々のシルエットの様子が、アフリカみたいだった。

10月29日（月）

今日は信じられないほど気分がいい。

こんな感じ、久しぶり。

きのう更新したアメブロの「もうひとりの子供が卒業」の記事に、800件も「いいね！」がついて、ランキングが4位になっていた。アメーバトピックスに取り上げられたようだ。

結局、引き続きヴィサール君を支援することにした。小学校4年生からせっかくここまで大きくなったから、社会に出るまで見届けたい。

1歳半のこっちの息子は今日も元気。

ママさんに預けているあいだに今週の有料メルマガ「まぐまぐ」の原稿を書いて、セドナに行くまでの「To Do List」を作る。

そう言えば、姓を変えた新しいクレジットカードがまだこない。書類を提出してもう3週間が経っているのでJALカードへ電話すると、明日の発送になっているという。このあいだは「25日の発送」と言われたんだけどね。

もうひとつの気がかりは、数日前からパソコンでメール受信ができなくなったこと。スマホなど、他の端末からは問題ないのに、もう1週間近くもこうだ。海外に行くといつも通信関係がおかしくなる私……今回でこういうのは終わりにしたいと思い、「Genius Bar」を予約した。

もうひとつ、セドナに行く前に、アイフォンに入っている写真や動画データをパソコン以外のところにバックアップしたい。iCloud に移そうとしたら、「容量が足りないので増やしてください」とか出てくるし……。

そんなことを考えながら、今日もあっという間に夕方。

今日は結婚記念日のディナーで「レストラン南平台」へ。紹介制なので誰か紹介してくれる人がいないかな、と思っていたら、あるとき夫が、知人がちょうどそこに入って行くのを見かけたそうで、「おおお！」とご紹介していただいたのだ。

素晴らしかった。私の中では完全に五つ星。どれも心に残ったけど、コンソメスープと〆のカニチャーハンが特に絶品。

それから最後のモンブラン。これぞ本当のモンブランというモンブランだった。今思い出しても感動するほど。

お酒とのマリアージュも素晴らしかったし、次回を予約した。


食事中の会話で一番盛り上がったのは、夫が最近読んで面白かったと言っていた孫泰蔵さんの考え。「オフィスと社員はもう要らない」について。

私、こういう考え方ができる人、素直に尊敬するし、好き!!

（詳しくはこちら　http://ur0.work/Nbgk）

当たり前と思っていた常識を「それは本当にそうかな」と考えてみたときに、より多くの人をハッピーにする新しい考えや形が出てくる。世の中になかった新しいものが出てくるときって、それだよね。

たとえば「幸せになりたい」と願いながら、現状を変えるような出来事が起きると急に怖くなってこれまでの環境に戻りたくなる人がいるけど、その変化は「幸せになりたい」とあなたが思ったから起きていることだ。

その変化の先にあなたが望んでいる幸せがある。逆に言えば、あなたが望んだ幸せに近づくために、その変化が起きようとしている。それなのに、そこを拒《こば》んでいたら、現状はいつまでも同じ。

今までの環境のほうがよいように感じるのは、単にそこに「慣れているから」だ。それよりずっとよい状態が待っているのに、経験したことのない未知のものだから、という理由だけで恐れるのはもったいない。新しい考えを受け入れること。

自分が「心地よい」と思うものは変わるし（変わっていいし）、変わったら変化していけばいい。

自分（たち）の心地よさを守るために、常に変化……。

中にある大事なものは変わらずに、外側は変化……。

そこから話が進んで、夫が長を務めるあるグループの「若者支部」の話になった。社会人数年目、これからの時代を担う若者たちに触れて一番印象的だったことは、「優秀な若者ほど肩書にこだわっていない」だったらしい。これは年配の人たちも同じだけど、それがさらに激しくなっている様子。

どの子も、国内の優秀な大学を出たあとに海外の大学（院）に留学、その後、今の時代を担う優秀な企業に就職して、すでにそれなりの肩書を持っている子たちばかり。その彼らの多くが名刺を持っていないという。

「会社は形だし、ここにいつまで勤めるかわからないし、それで判断される必要はないから」という理由で。ステキ。

そして話していると実に面白い子が多いそう。

「どこどこのなになにです」と、肩書の記された名刺から話が始まるワールドに比べ、自分の仕事と肩書を話題にしなくても、話がどんどん広がっていく。常に柔軟に、興味のあるほうへ自由に。

それを聞いて、私たち家族のあり方について「プライベートでも仕事でも、そのときの状況に応じて柔軟に変化だね」と話した。

10月30日（火）

朝起きたら、風邪っぽい。空気清浄機を出そうかな。

午前中、プリンスのインフルエンザ2回目の予防接種。

12時にケータリングの美味しいランチが届き、ウーちゃんとチーちゃんが来て、ママさんの誕生日をお祝いする。プリンスがいるので、最近ますます「家が一番」の私たち。家こそ、パラダイス。

ふたりが来る直前に、プリンスのハロウィン用コスチュームが届いたので着せてみた。ドアフォンが鳴り、一匹のかぼちゃが廊下を走っていった。

夜は「Asia Society」の日本支部が誕生したお祝いのディナーへ。

パネルディスカッションで聞いた小泉進次郎さんの英語に夫は感心していた。「頭のいい人の英語だね」と。私はディナーから出席したのだけど、聞けばよかったな。

夜のディナーは、まあ普通。着席なので気楽だった。

自分のことを「瞑想のマスター」とか言っている白人がいたけど、どうだろう。「説明したってきっとわからないだろう」というような上から目線の態度。私の隣のアメリカ人が、「毎日ＴＭ瞑想をしている」と言ったら鼻で笑うような感じだったし、その態度からして瞑想マスターじゃないな、と思う。

だいたい、マスターが自分のことをマスターと言うだろうか。たまにいるんだよね、アカデミックな世界にいる勘違いしている人。

この会は、夫がファウンディングメンバーなので出席したけど、これまでにどんなことをしているのかあまり知らないから、これから知っていこうと思う。

キャロライン・ケネディ元大使と写真を撮った。

10月31日（水）

セドナのボルテックス（パワースポットの山）に登るとき用のバッグがないな、と思って、ネットで探していたのだけど、ようやくよさそうな好みのものを見つけて買った。きたものをよく見たら、うちのすぐそばのお店から配達されていた。行ったほうが早いくらいのところ。濃いグレーの帆布素材で、白で大きく「NO.5」と書いてある。ごつ可愛い。

やれることは全部やったのにちっとも変化が起きない、というときは、少し待ってみたらどうかな?と思う。自分が思っているタイミングが一番いいというわけではないし。これ、子育てを通して悟ったことでもある。

とにかく、宇宙にオーダーしたらあとはまかせること、深く考えないこと。

さて今日は、3歳まで参加できるハロウィンのイベントに参加した。パンプキンのプリンスを連れて、ミニーマウスのAちゃんと(お母さんのMちゃんと)合流する。

英語のイベントで、ハロウィンにちなんだアクティビティがいろいろあった。番号をつけてファッションショーのごとくランウェイを歩いたり、滑り台の上から大玉ゴムボールを落とすボーリングをしてお菓子をもらったり、お化けが出てくるトンネルをのぞいてまたもお菓子をもらったり、その合間に一番可愛いコスチュームの親子に投票したりした。

途中、プリンスが、韓国人の子供にほっぺたを叩かれて泣く、というハプニングがありつつも、楽しく終わる(両親がすごい勢いで謝ってきたけど、別に問題なし)。プリンス、コスチュームで賞をもらっていた。

みっちりとした90分を過ごし、Mちゃんと近くのカフェへ。

そこで、Mちゃんの仕事時代の友達にバッタリ会った。お互い、ものすごくビックリしている様子。あぁ、このあいだMちゃんが話していた子だね。

「絶対、帆帆ちゃんが引き寄せたんだよ」

とMちゃんが言っていたけど、私もそう思う。その子の話を聞いて思うことがあり、しばらくその子のことを考えていたから。

帰りがけ、今度は私の知り合いに会った。近くにこの人のやっているお店があるので、最近、前を通るたびに思い出してたの。

最近、引き寄せる力が強くなっている気がする。考えていること、知りたいこと、答えが欲しいなあと思っていることが前より早くやってくる。

なぜだろう。やっぱり変化のときなのかな。もっと言えば、なぜ変化のときがやってきているんだろう。

ひとつ心当たりがあるとすれば、この2ヶ月ほどで、私が目指すところをこれまでより高く設定したので、それに合うように引っ張り上げられているのかもしれない、ということ。生活を整理したら、未来の向かっているところがはっきりして自動的にスタンダードが上がった。でも、まだはっきりと見えていない。なにを望んでいるのか探り中。

引き寄せる力が強くなっている今、ますます、自分がなにに意識を向けているか、注意しようと思う。

11月1日（木）

今、アップル表参道の「Genius Bar」から帰ってきたところ、やっぱりあそこは神だわ。

メールアカウントの調子が悪いのが直った。症状としては珍しいことだそうで、はじめはお店の人も「原因がわかりませんね」とつぶやいていた。いろいろ確認してくれたけどどこにも異常はなく、ただメールの受信だけができない。それでもしばらくさわっていたら、急に直ったのだ。本当に突然。実は、前にも似たようなことがあったんだよね。「Genius Bar」のエリアに入ると自動的に直ったという……。魔法陣だ。

直った瞬間、「きゃあ、ありがとう！」と目の前のおじさんに抱きつきたくなった。

自らを天才集団と呼んでいるそうだけど、呼んでいい!!

本当にうれしく、アップル表参道の外観写真まで撮って、セドナの最終打ち合わせに行く。セドナの本を出してから2年。ファンクラブの人たちと本当に実現することになるとは……。事務局のセドナツアー窓口には、様々な質問が日々届いているらしい。

11月2日（金）

今日は一日家にいる。そう思っただけで幸せ。

きのう届いた、今月の朔日餅を丁寧に味わう。


思ったんだけど、きのうのアップル表参道でパソコンが直ったときに私がした動作、手を胸の前で組み、「キャアア、ありがとうございマスーーー」と言ったあの動作は、考えようによってはぶりっ子だな、と思った。

ちょうどこのあいだ「踊る!さんま御殿!!」で、「ぶりっ子な女性がこういうことをするのが許せない」というようなことを、例のごとく女芸人たちが話していて、それはたしかに嫌だね……と思うような話がたくさんあったけど、見方によってはあの動作こそ、まさに女!

でもはっきり断言できるのは、あれはごく自然に出た態度だ。うれしくて、相手が神様のように思え、本当に感謝して喜んだときの自然な動き。相手が女性でもしていただろう。だから……そのぶりっ子な態度、本当に自然にやっていることもあるよね。その度合いによるのか……。

他のことについてもあると思う。良くも悪くも自然にやっていること。受け取り手によって判断が分かれるだろう。さんま御殿で話していたようなエピソードを、仮に本当にその人の自然な態度でやった結果だとしても、それを含めて、自分の許容範囲で付き合える人が決まるよね。そんなところにも価値観は表れる。

午後、今日は来ないはずのママさんが寄ってくれた。ママさん、同窓会だったそうで、その話をゆっくり聞く。あるよね〜、そういうこと、あるある、という話。

帆「ママの年齢でもそんなことあるの？」

マ「ママの年齢だからこそ、よ」

今日は夕焼けが綺麗。

11月3日（土）

最近のプリンスは、朝、起きると泣かずにトコトコ歩いて私たちの部屋にやってくる。やってくる顔を想像しながら、足音を聞いている数秒が好き。

カフェで朝食の帰りに公園に寄る。揺れる動物の遊具に乗せたら満足そうに座っている。夫が漕いだら、勢いがありすぎてプリンスの首がガクガクしてた。

公園で知り合いの外国人カップル（奥さんが日本人で最近結婚したばかり）に会った。彼のほうは某有名大学院の先生。

奥さんのほうは、外国人ウケしそうなムッチリ気味の魅力的な女性。遠くのベンチでイチャイチャと食事をしている。ふーむ。

帰ってアメブロの記事を書いて、ちょっとお昼寝して、夜は友人の還暦の誕生会へ。

３００人くらい。ジャパン・スピリット協会という会の発足もあった。

先週、いろいろなことが見える友達に、私たち家族が今後住むことになる家の話を聞いた。そこは今の私たちにとっても理想のエリア。

「そのマンションから○○が見える」という珍しい特徴があったのでさっそくネットで検索してみたら……あった！　その条件にぴったりのマンションが、エリア内に3つある。どれもすごくいい！　燃える！

11月4日（日）

なんだかパッとしない感じがまだ続いている。

早くセドナに行きたい。私は、なにも目標のない平らな日常が苦手らしい。平らな日常はいいのだけど、変化が欲しい。

これは独身でも結婚していても子供が生まれても同じ。

子供が生まれてからはその変化がつけにくいから、パッとしない感じが続いているように感じるのだろう。


日の丸タクシーが、仮想通貨で料金を支払うシステムを試すらしい。あっという間にそこまできたね。

仮想通貨、だんだんわかってきたけど、「マイニングマシン」については夫に何度説明してもらっても意味がわからない。まだ認められていない新しい仮想通貨を常に探しているという「マイニングマシン」。

探すってどこを？　掘り出すってどこから？

このあいだも、女子3人のランチのときに「マイニングマシン」の話になり、ちょっとだけ知っている私が説明したけど、話しながら私も「なに言ってるのか全然わかんない」と思っていた。

A「埋蔵されている仮想通貨を探す機械らしいよ」

B「埋蔵って……誰が埋めたの？」

C「……徳川家？」

とか誰かが言ってたし……。

11月5日（月）

延期された家族写真撮影の日。プリンスになにを着せようかな。やっぱりヨットの前で撮るから、ヨットのニットにしようかな。私は赤のニット、夫は紺のニットでトリコロールにした。

撮影隊に自宅に来てもらったら「ワーオ、スタジオみたいね」と言われる。たしかに、ね。ヨット以外がガランとしているから特にね。

プリンスは、おだてられて、ヨットの前で足を組んだり私たちにキスしたり、なかなかのシーンが撮れた。それからオフィスのサロンに移動して、そこでも少し撮っていただく。いい記念になった。

お昼から来年1月の講演会の打ち合わせへ。

対談相手の村松さんと顔合わせ。

奥様が「クリスタルボウル」というものの演奏家で、はじめて聴いた。

目をつぶって聞いていたら、目の前で弾いているはずの音がすぐ耳元で聞こえてきた。人によって、そういうことがあるんだって。聴いてすぐに、「これ、当日、講演前に演奏して欲しい」と思った。

それにしても、私、「クリスタルボウル」って、クリスタルのボールだと思ってた。鍵盤の上にボールを落として音を出す大道芸人的な。Ball じゃなくて Bowl だった。

こういうのかと思ったら
Ball
Bowl
こっちだった
円を描くように
フチを触わって
音を出す

11月6日（火）

お財布の工場へ行く。すごい雨。

そのエリアに向かうには絶対に渡らなければいけない川があって、そこを横断している大きな道路が交通渋滞で30分以上遅れてしまった。本当に申し訳ない。工場が川の近くにあったので、雨がドードーとすごい迫力。

さっそく打ち合わせに入り、仕上げや細かい部分など、こちらの希望を伝える。細やかに対応してくれそうな印象を持った。楽しみ。

10月に出た新刊、『育児の合間に、宇宙とつながる』が書店の棚に並んでいる写真を編集者さんが送ってくれた。旭屋書店なんばＣＩＴＹ店では、「ドリームカード」まで棚に並んでいた。これは珍しい。久しぶりに、ドリームカードをじっくりと見てみた。好き。

セドナの前にやらなくてはいけないことがたくさんある。「焦らない焦らない、確実に終わるから」と言い聞かせている。

午前中、プリンスをクリニックに連れて行った。これもやろうと思っていたことのひとつ、私がいない1週間、万が一に備えて胃腸薬と解熱剤と総合風邪薬をいただく。

11月7日(水)

きのう、安倍昭恵さんの日本酒のイベントで神田うのさんと隣の席になったけど、子供にまつわる話はどこでも同じだなと思う。

帆「親に感謝ですよね」

う「ほんと、ママがいなかったら、ここにだって参加できない」

と、ボソボソ話す。

後半、安倍総理もいらしたけど「総理に一言ご挨拶したい」という人たちの列があんなに……。フゥ……。

私はいつも「起こることはベスト」と思っているけれど、わかりやすく「災い転じて福となる」ということがあった。

私の英語版電子書籍について。発売後、しばらくして管理会社からなんの連絡もなくなり、あいだをとりもっている人たちからも音沙汰がなくなった。
今回、読者の方から英語版の問い合わせがあったので調べてみたら、先方の不手際で、販売が途中から止まっていた、ということが災い。それが転じて途中にいろいろあり、日本でも英語版が買えるようになっただけではなく、紙のリアル本でも印刷されることになった。うれしい。

11月8日（木）

あっという間に明日からセドナツアー。留守中はママさんに泊まってもらう。後半から何日か、心友のウー&チーも来てくれる予定。プリンスのためではなく、プリンスと一緒にいるママさんのケアのために。
これで留守中のプリンスに心配はまったくなくなった。私のほうが心配、離れるのが寂しくなりそう。

11月9日（金）

今JALのラウンジ。こんなに長くひとりになることなんて、いつぶりだろう。ひとり、落ち着く。JALカレーが数倍美味しい。悪くない、いや、最高。

さっき、セドナのホテルにチェックインしたところ。フェニックス空港でスタッフ含めた3名の荷物が届かないというハプニングがあったけれど、「こういうときこそエネルギーを高く維持ね」と言い合う。

「ひとまず本人の私が来ているから、荷物でよかったです」とか、「ぜんっぜん大丈夫だと思います」とか、「荷物がないのもそれはそれで気楽です」とか言っている頼もしきホホトモさんたち、1名はうちのスタッフ。荷物が出てこないのは仕方ないけど、そっちにパソコン関係のバッテリーとか全部入ってるんだって……ふぅ……。

空港でみんなで自己紹介をする。

聞き終わった私の感想は、「みんな楽しいことになりそう！」だった。それぞれに様々な期待をされて参加なさっている。一番多かったのは、「セドナは変化の準備ができている人が来る場所と聞いていましたが、ここに来るまでにすでにものすごい変化が起きていて……」というもの。もちろん帰国してから変化が起こる人だっているはず。私も期待しようっと。ワクワクするような楽しい変化に期待だ！

空港からホテルまでのバスの中、サンドイッチを食べながらコーディネーターのYさんとおしゃべり。Yさんと会うのも久しぶりだ。このYさんがいるから、セドナツアーを安心して実行しようと思ったのだ。

軽く打ち合わせをしてベッドに入ったものの、興奮して眠れず。この興奮は「セドナに」というより、1年半ぶりにひとりになった興奮！　キャア。

11月10日（土）

信じられないほど深く眠る。これも1年半ぶり。そうだよね、「寝る」ってこういうものだったよね。

カーテンを開けたら目の前にスヌーピーロックが見えた。

テラスに出て写真を撮る。朝は寒い。

朝食を食べに隣の建物へ。ふむふむ、これがきのうYさんが言っていた「それほど期待しないでくださいね」と言っていた朝食か……でも、卵料理もソーセージもベーコンも、数種類のパンもシリアルもヨーグルトも、フルーツもある。充分に熱いコーヒーも。

美味しく食べて駐車場に集合。２台のバスに分かれてポイントトンキャニオンへ。

ボイントンキャニオンは女性性と男性性の岩、「カチーナ」（左）と「ウォーリアー」（右）のあいだで、エネルギーがミックスされて調和がとれるという場所。

赤土の道を歩き始めて10分ほど進んだら、「帆帆子さん！！」とホホトモの皆さまの興奮したざわめきが後ろから聞こえてきた。なんとあのロバートさんが入口にいたらしく、私たちの後ろからやってきて……アッサリ会えちゃったのだ。そして全員にハート型の石をくれた……すごい。↓ロバートさんとは、地元の人で、ここでオカリナを吹き、出会った人にハート型の石をくれる人

だってもちろん毎日来るわけではなく、しばらく来ないときもあるから、あまり期待するのはやめていたくらいだったのだ。しかも会うことができても、全員分のハートの石はないかもしれない、と思っていたのに……すごい……。これは、みんなの期待する力が引き寄せたね。ロバートさんが写った写真も載っている私のセドナの本『セドナで見つけたすべての答え　運命の正体』を渡す。

淡々としたうれしい気持ちで頂上まで軽くハイキング。2年前、ここをプリンスがお腹にいる身重な状態で登ったなんて信じられない。思えば、結構苦しかった。あのときを思うと、今回のセドナはまったく違う「新しいセドナ」。

頂上に着いて、ロバートさんのオカリナを聞きながら思い思いに過ごす。この景色、この空……この輝き……。

ホホトモセドナツアー、なんだかあっという間に実現した。これもまた、ベストなタイ

ミングだったのだろうと思う。これ以上あとになると、プリンスがもっといろいろなことがわかるようになって母親がいないことを他の人ではカバーできなくなるので、1週間も空けるのは難しくなるかもしれなかった。

ロバートさんは、「これは解放の音色」とか「次は癒しの音色」など、説明しながら次々と吹いてくれた。

インディゴブルーの空を背景にロバートさんの小さな影。太陽がキラキラしている。ハァ……いいね。

行ったことのない先端の岩に座って写真を撮った。

充分に時間をとって堪能してから、ひな壇のような岩にみんなで座って集合写真を撮る。

降り始めてしばらく歩いたら、前からホホトモのKさんがやってきた。キョトンとした顔で、「あれ？　みんなどこにいたんですか？」とか言っている。

帆「え？　いつ先に降りたの？」

K「ええ？　急にみんなが見えなくなっちゃったから置いてきぼりになったのかと思って、慌てて降りたんです。気づいたら近くを歩いていた外国人もいなくなってひとりになっちゃって、ええ!?　どうしようと思って、道もわからなくなって、そうだこういうときは戻ろう、と思って戻ってきたんです」

帆「え？　みんなずっと上にいたよ？」

K「でも、見えなくなっちゃったんです」

帆「こんなにたくさんいたのに、みんな？」
K「そう、前のほうに帆帆子さんが見えたから、ああもうあんな先に行っちゃったと思って……」
帆「ええ～？　行ってない行ってない！　え？　じゃあ集合写真は？」
K「入ってないです」
帆「……ついにワープしたね（笑）」
「写真、写ってたりして……」とみんなで大盛り上がり。意味がわからなかったけど、ワープしたんじゃない？（笑）
Kさんはひとりで歩いているとき、すごく気持ちがよかったんだって。ひとりで歩く、こういうのもいいなあ、なんて思って、でも急に誰もいないのが不安になって道もわからなくなって……という……。なにがあったかわからないけど、神隠しってこんな感じで起こるのかも。意外と本人は怖くなくて、まさに「あれ？　どうしてここにいるの？」という（笑）。みんな、さっそくおかしい。

お昼を地元のピザ屋で食べてから、「クリスタルマジック」へ行く。2年前も来て、たくさん買ったオススメの天然石のお店。
今回は特に欲しいものはないので、頼まれていたお土産を探す。ブレスレット2本と、ペイソンダイヤモンドと、セドナライトと鷹だか鷲だかの羽根。

ペイソンダイヤモンドは希少で値段も高めなので、鍵付きのガラスケースの中に入っている。ドアを開けてもらって、いくつか選んだ。お手頃そうなサイズのものを3つ。

終わって振り向いたら、ホホトモさんたちが私の後ろに群れているので笑った。

ホホトモクリスマスパーティーに出すプレゼントも探した。ヒマラヤクォーツやアメジスト、シナバーなど、よいものが買えた。私にもいくつか。それから頼まれていたUFOキャッチャー。大きな丸（蜘蛛の巣）に天然石が絡まっていてとても素敵。ナバホ族の人たちが実際に手作りしているものだそうだ。

もうだいたいいいかな、と最後にクルッと一周していたら、突然、コバルトブルーの大きな石柱に吸い寄せられた。

こんな色のクリスタル、はじめて見た。結構な大きさ。その近くにあった、シナバーのエンハンストクリスタルという石柱も素敵。どちらもペットボトルくらいの高さと太さ……ふと気づいたら、ダンベルのように左右の小脇に抱えていた私。こんなの全然買うつもりなかったのに、2本も……。

2時間近くいて、皆さんたっぷり買い物を楽しんでいた様子。

さっきのKちゃんなんて、先端に天然石がついているステッキみたいなのをカゴに入れていたので、「これ、なにに使うの?」と聞いたら、「マジックに使うんですよ〜!」と、棒を振りまわしている。Kちゃん、人生が楽しくなってよかったね。本当によかったよ(笑)

こんなふうに、ホホトモさんの過去からの流れ、歴史を知っているのはとてもいい。身近な存在に感じるし、もう大きな家族みたい。Extended Family だ。

それからしばらく自由時間。

私とYさんは、トランクの届いていない3人と一緒に、車でウエストセドナにあるスーパーへ行って洋服を見た。ひとり、ちょっと元気がないので気になる。

表面とは違って、結構トランクのことが憂うつなんだろうな。絶対に戻ってはくるけど、それまでの洋服とか、ね。

もうひとりはまったく(笑)。心配しているこちらのほうが「もう心配してあげなくていいかも」と思わされるほどだ。「荷物がないことで、洋服を選ぶ手間も省けているから、ちょうどいいです」だって。

最後の1名、うちのスタッフは、来る前に友達の大事なネックレスがなくなったそうで、「神様から見たら、あっちのものをこっちに動かすなんて簡単だから、ぶれずに楽しく過ごしていれば大丈夫」的なことを偉そうに言ったそうで、「で、自分の荷物がなくなっちゃったんですよ～……（笑）」とか言っている。

ハハハ、あるよね、そういうこと。おためしだよね。

でもさすがに2日目になると、「最終的に手元に戻ってくればいいです……」とか、みんなだんだん望みが低くなってる!!　そんな！「大丈夫！　さすがになくなったまま出てこないことはないから！」と励ます。Yさんが空港に定期的に連絡してくれているので大丈夫だ。

ところで、日用品を買いに行った地元のスーパーには、魅力的なものがたくさんあった。ボディクリームやアメリカらしい派手かわいい化粧ポーチ、クリスマス用のスリッパ、テーブルクロス、クッション大をふたつ、クリスマスカードなど、買う。

「ちょっと！　帆帆子さんがそんなに買ってどうするんですか！」

とYさん。

今晩の夕食はそれぞれ各自で自由なので、私たちスタッフはYさんが予約してくれた夕日の見える「マリポサ」で夕食を食べる。

アボカドのフリット、ムール貝、リブアイステーキ、チキン、シーフードの盛り合わせなど。

はあ、初日から盛りだくさんだった。最後、3人でゆっくりといろいろ話すことができてよかった。


それにしても、トランク……帰るまでには届いて欲しいな。

私の部屋も、調子の悪いコーヒーメーカーがあって取り替えてくれたのだけど、また動かず。というか、取り替えてないと思う。きのう私がさわったときと同じ位置のままだし、水

も入ったまま。

フロントに電話して新しいのを探してもらったけど、いつまで経っても連絡がないので熱いお湯を持ってきてもらう。おじさん、謝るでもなく、「新しいのは明日くる」と言い置いて去っていった。フッ。ここはアメリカ……の田舎。

日本から持ってきたお茶を淹れた。

明日はカセドラルロックだ。すごく楽しみ。

おやすみなさい。

11月11日（日）

起きたら、外があまりに光っているので、朝食はテラスで食べることに決めた。下から、コーヒーとマフィンをとってくる。

スヌーピーロックを見ながら、アメブロやインスタを更新。東京でもこんな感じで更新したい。こんな感じとは、気楽に、あまり考えずに思ったことをササッと。私は変に真面目なところがあるので、文章を書くと思うとササッとができなくなるときがあるので。

ふとトランクのことが心に浮かんだのでYさんに電話したら、空港からのお知らせがちょうどさっき「この問題は解決しました」という表示に変わっていて、トランクが見つかって現在運ばれている、という説明になっていたそう。よし！　よかった。

さて、今日も移動のバスの中からみんなの興奮が伝わってくる。「来ることができて本当によかったね」「雲ひとつない青空だねえ」「どこを見てもウキウキするねえ」なんて、聞こえてくるのは前向きな言葉ばかり。

たしかに先週までの予報では、今週は雲行きが怪しく明日は雨だったらしいけど、いつの間にか雨の予報はなくなって、きのうも今日も雲ひとつない青空。本当に……ひとつも見当たらない。

途中、ロバート・デ・ニーロの家とか、他にも著名人の別荘を通りすぎる。

カセドラルロックの入り口で降ろしてもらい、入り口横の小道に入った。

前回よりもずっと早く、最初の台地に到着する。前回はここまででも精一杯だったんだよね。

端っこにエネルギーを受けてねじれている木がある。みんなで集合写真を撮って、いざ、頂上へ。

ボルテックスは、頂上まで登ったからエネルギーが強いというものでもないので、頂上まで登るかどうかは自由。それぞれに、自分の一番居心地がよい場所に留まってもらうように事前に話した。

しばらくは、木が生えていない広い岩肌を登っていくので、登りながらみんなの様子が見える。それぞれに思い思いの場所で休んだり、登ったり、引き返したりしている。だんだんと傾斜が険しくなるけど思っているほどじゃない。登りながら、上下の写真をみんなで撮り合いながら進む。

「ほほこさーん、待たなくて大丈夫ですー、行ってくださーい」と、華やかなMさんが下のほうから叫んでいる。

「大丈夫ー、待つつもり、ないからーーー（笑）」と答えて先に進む。

途中、左右を岩に挟まれたなかなか急な斜面があるけれど、体を支えられているので、逆に怖くない。ひらけた場所のほうが怖いくらい。

高さが変わると見えるものが変わる。さっきまでの木々も別の姿。そう、環境が変わると見方は変わる。同じ物事に対して違う見方ができるようになる。そしてたいてい、違う見方によって新しい世界を知ると、感動する。新しい世界を知って後悔することは、あまりない。

その世界に留まるかどうかはまた別だけど、新しいものを知るというのは感動に値するのだ。登ってはじめて見える世界がたしかにある。そこに行った人だけがわかること、あるよねーー。

ゆっくり、のんびり、いろいろと眺めながら先へ。

ひらけては登って、またひらけて景色を眺めて、を繰り返す。

ある岩場の最後の一段をグンと登ったら、突然目の前にホホトモさんたちが5、6人座っている場所に出た。休憩中だって。横に連なって、可愛く一列に。そこからはみんなと一緒に進んだ。

遠くに見えていた独特の形の岩がどんどん近づいてくる。

こんなに近く!! 岩肌がすぐそこまで! ダイナミック。その近くに1本だけあった木は、キラキラと印象的に輝いていた。

また少し急な岩場になり、最後にヒョイっと石段を登ったら、突然、もうそこが頂上だった。

おおおおお……奥行き3メートルほどの左右に広がる敷地、向こう側はすぐ、絶壁。おおおおお……怖い。

最後の一段を登ってはじめてわかるこの眺め。一段前にはまったく想像できないとはこのこと。風が強く、吹き飛ばされて、落ちそう。

右の岩に向かう、細い道が続いている。

そこからあの先の一番突端まで行ってみようか……と、そろそろ進んだ。サボテンがたくさん生えている。そこを抜けてさらにそろそろ行くと、その先に、さらなる絶壁に面した通路があった。

うーん……すごい。でも来てみると意外と広く、ここに来るまでの他の場所と同じように、反対側の向こうから見ているときのほうが恐ろしく感じた。

これもまた、そういうことってあるよねぇと、妙に深く感じる。想像しているときのほうが怖く、実際に経験してみるとたいしたことない、という……。

目の前の岩が光を反射して赤く光っている。

ここは……本当にすごいね。私にとってまったく新しいセドナ、しみじみ。


下りの道は楽だった。時間も気分もスイスイスイ。

さっきあんなに高いと思っていた場所も、ずいぶん低く感じる。上から見ると、これまでのことは簡単に思えるね。

下では、みんなが思い思いの場所で待っていた。

意外な人が頂上まで登っていたり、意外な人が一番下にいたり（笑）。

ひとりは下の大地で寝っ転がっているうちに、昔のことを思い出して涙があふれてとっても癒されたらしいし、ひとりは体力的には全然大丈夫だけど、今日はここがいい、と感じて途中に留まることにしていたり、みんなそれぞれ……いいね。

唯一の男性（カップルで参加）が、結構敏感な人らしく、「ここが一番エネルギーが強いと思う」とはじめの大地を指して言っていた。そうかもね。ここの地下にレムリア大陸が沈んでいるらしいし。

　さて、次はベルロック、ＵＦＯの形の４大ボルテックスのひとつだ。

　ここは一般の人には本当に注意が必要なほど急なので登らずに、写真を撮って眺めるだけの予定。

　駐車場からベルロック全体が撮れる場所を探したけれど、全員が並ぶとどうしても手前に駐車場の車が写り込んでしまう。並びながら、この車、どかないかなあ……と思ったら、ちょうど持ち主のおじさんが戻ってきてどいてくれるという。「赤ちゃんを抱えているので、時間かかるけど」と言いながら。

「帆帆子さん、すごいですね、車まで動かしちゃうなんて」

という、またも前向きな皆さんの言葉に押され、エネルギーの使い方の話をした。

　こういうとき、「相手が車を動かしてくれるように」と願うのは、違う。それは他人をコントロールしようとすることだから。そうではなく、ひたすら自分自身のエネルギーを満タンにすることに集中する。

　エネルギー満タンにするとは、自分のレベルを上げるということ。自分の中に大地や自然などまわりのものからたくさんのエネルギーが入ってきて充満しているところをイメージする。

そしてその状態のまま、相手も同じくエネルギー満タンになって、「高いレベルのその人」で目の前の物事を判断してくれるように期待する。

スピリチュアルな言い方をすれば、ハイヤーセルフとつながった高次元のその人が出てきてくれるように期待する、という感じだろう。その結果、その人が車を動かしてくれなくても問題はない。高次元のその人で動いた結果であれば、全体にとってパーフェクトな動きとなるはずだからだ。

というような話をしながら、おじさんの動きを見ていたら、赤ちゃんのオムツを替えて、そのままどこかに行ってしまった。

「え？　車はどかしてくれないの？　せっかく今いい話をしたのに（笑）」

なんて言っていたら戻ってきて、すぐにどかしてくれた。そのあいだ、駐車場で他に移動した車はゼロ。

そこだけポッカリと空間ができたので、さっそく、集合写真を撮る。


次は岩の上のホーリークロスチャペルへ行く。

混んでいた。日曜日だしね。

キャンドルを買ってお祈りをして、地下のショップで中央にターコイズのついた十字架のオーナメントを買う。それから、直前にこのツアーをキャンセルされた人へのお土産も。

「テラカパキ」というメキシコ系のエリアでお昼。私はKさんカップルと一緒にメキシカンへ入った。

カップルの男性の方が昔から敏感らしく、小さな頃から様々な経験があるらしい。「帆帆子さんのまわりはキラキラキラキラしている。」だって。

おふたりとも基本的にネガティブらしい（笑）。

たとえば男性が言うには、私が来たことでセドナが喜んでいることを感じるらしいのだけど、そのときの思い方が、

「帆帆子さんが来たからセドナが喜んでいる（どうせ僕が来たってそんなに喜ばないんだろ⁉）」

と思うらしい……なるほどね（笑）。

弁護士で理系で、非常に理路整然と話をなさるから……と、ふと「マイニングマシン」のことを思い出して聞いてみたら、夫とは別の表現で説明してくれて、これまでより少し意味がわかった。

食事のあと、お店をブラブラしながらホホトモさんたちといろいろな話をして、「セドナ、来れて本当によかったな」と思う。

これを思うの、すでに5回目くらい。

寒い、急に寒くなってきた。

たくさん着込んで、夕日を見るためにエアポートメサへ移動。

夕日が落ちる30分ほど前に頂上へ着いた。

あまり広くないところなので、こんな大人数で来てなんとなく申し訳ない気持ちになりながらまわりを眺める。ここも4大ボルテックスのひとつだ。

だんだんと日が落ち始める。

光の当たるところが変わると、岩肌の色合い全部がガラッと変わる。薄いピンクから濃い赤へ、燃えているよう。

そこへ花嫁さんが登ってきた。この寒い中、肩を出したウェディングドレス姿で写真を撮られている。

あ、あれはきのうのディナーで私たちの向こう側のテーブルに座っていたカップルだ。男性が白人で、女性がスペインやメキシコ系で見事なワシ鼻だったのでよく覚えてる。レストランでもラブラブだったし。結婚を望んでいるホホトモさんのひとりが、この「サイン」に感激していた。

残念ながら、ＵＦＯは見えなかった。


夕食の中華料理屋ではお決まりの、皆さんのテーブルを時間ごとに移動しながら話をした。

一番印象に残った面白い話はこれ。

今回、ツアー初参加のＭ・Ｋさん。きのうの夜中、眠れなくてベッドから天井を眺めていたら、天井についているライトがＵＦＯみたいにまわり出したという。そのライトが面白い形に見えたり、光ったり……だったかな、だんだんとUFOのように見えて、「どうしよう、連れ去られる」と思ったらしい。いや、「連れ去られたい」と思った、「連れ去られるのが私の役目かも」とか言ってたな（笑）。

で、だんだん怖くなってきたときに隣で寝ているRさんのいびきで我にかえり、「いびきのおかげでUFOに連れ去られずにすんだんです」とか言っていて、面白かった。

このM・Kさんも独特の感性。前に、骨董通りで私を見かけて声をかけてくれたらしい。覚えてないなあと思っていたけど、話を聞いていたら思い出した。あのとき「近くの○○で働いているんです」と言ってた人ね！

次のテーブルではトランクが出てこなかったY・Tさんの話で持ちきり。Y・Tさんは今回の旅行、ことごとくいろいろな面倒ごとに引っかかったらしい。

たとえば空港の荷物検査では、眉毛をカットするハサミを手荷物に入れていて（それも2本も……なぜ2本も！）、「刃物をお持ちですか？」と聞かれ、まさかそんなものは持っていないだろう、とまわりが眺めている中、「持っていますーーー！」と答えて調べられ、また、搭乗前の、あの「ランダムにあたる持ち物検査」にもあたってしまったらしい。

「そんなこんなで、さらにアメリカの国内線の乗り継ぎのときも大変だったんですよ。ほら、空港の税務署？　じゃなくてなんだっけ、えっと税……」と税関のことを「税務署」とか言っていた。

あぁ、おかしい、笑った笑った……と思いながらお手洗いに行くと、ホホトモさんだけで

5、6人並んでいたので、「男性用トイレも使っていいのでは？」という話になった。私の前に並んでいたKちゃん（初日にワープしたKちゃん）が、男性用トイレのドアをさわったら開いたので「なんだ空いてるじゃん」とズンズンと中に入って行ったところ、次の瞬間「ソーリーリー」と絶叫して人が飛び出してきた。なんと、ホホトモの男性メンバーTさんが使っていて、しかも中のドアが開いていたという。
「キャアアーーーいたの、人がいたの。しかもドアが開いてたの。でもドアに隠されてたから見なかった、見なかった、大丈夫！　どうしよう！　ホホトモさんだった。でも見なかった、こんなふうに隠されてたから！　大丈夫！」

と連呼している。

そのうち、

「帆帆子さんが入れって言ったんだよ」

と矛先《ほこさき》がこっちにきた。

「いや、言ってない、空いてたら入ってもいいんじゃない？とは言ったけど、人が入っていないかを実際に確かめたのはあなた……」と言いたかったけど、すごく興奮しているので黙っていた。

「出た、ブラック帆帆子」とか言って、ウケる。

「いや、ブラック帆帆子というのはこういうんじゃないんだけど」と思ったけど、また黙っておいた（笑）。

「向こうはKちゃんってわからなかったよ、きっと」

K「そんなはずないよ、だって目合ったもん……ああ、どうしよう、もういやだあ、恥ずかしすぎるーーーー」

と10秒おきに騒いでいた。

その後、男性のTさんに謝りに行っていた可愛いKちゃん。

ああ、また笑った。


さて、夕食後は、満天の星空を堪能する星空ツアーへ。

昔リゾートがあったという広い空き地に天体望遠鏡が用意されていた。

車を降りると真っ暗な空にあふれるような星。ブツブツといたるところに。

あれは、天の川！　たしかにミルキー、ミルキー！

牡羊座流星群がきているそうで、いくつか流れ星まで見える。

星空ツアー専門のガイドさんが星座の話をしてくれた。12星座の場所や、火星や土星の位置、北極星、夏の大三角、白鳥座、『銀河鉄道の夜』の話など。

天体望遠鏡でのぞいた月にはクレーターがあった。白鳥座のくちばしの星は、本当は赤と青の2つ、星が重なっているんだって。それからスバル……。

誰かが「星座の話、すっごく神秘的ですよね～」とキャアキャア言っていたけど、私は星とか星座って、今までほとんど興味がなかった。どうも人間が作った上っ面の物語に感じてしまって。「金星人」とかなら興味あるんだけどな。
みんな、すごく喜んでいて、よかった。

ホテルへの帰り道、Yさんの車が警察に捕まってしまった。車体後ろのライトが切れていることを注意されたみたい。そういえばきのうもスーパーに行くときに、通りすがりの車にクラクションを鳴らされたけれど、それもライトのことを言っていたんだね、と判明。意外なところが厳しいね。

ああ、今日もいい一日だった。
私、まだまだ体力あるな、と思ってほっとする。寝る前に、日本から送られてきているプリンスの動画を見る。何度も繰り返して。ああ、会いたい。この気持ちは……そう、ホームシックだ。
プリンスはパパやバーバやウー&チーと一緒で、ちっとも寂しくなさそう……ああ、それでいいのか……。早く会いたい。

11月12日(月)
今日が最後の日。
朝食は食堂で。ここで一番美味しかったのはウィンナーだった。この太い、体に悪そうな美味しいウィンナー。

スタッフTが、「ちょっと面白いことがあったんですよ」とうれしそうな顔で言ってきた。日本にいる友達のネックレスが見つかったらしい、外で落としもので見つかる可能性は少なかったのに。こっちでトランクが見つかったきのう、日本からも連絡があったという。シンクロさせたね。

あるホホトモさん（仮にAさん）が、いつもひとりで動いているような気がしたので、明るくてよく気がつくホホトモBさんに声をかけてもらおう……と思っていたら、ちょうど食堂にBさんがいた。

近づいて、他の人に聞こえないように上手に話を伝えられたところへ、今度はちょうどAさんがひとりで入ってきた。なんてタイミングのいい……こういうこと、セドナではよく起きている。

そこへもうひとつ朗報。あるホホトモさんが待っていた就職試験に、合格の返事がきたらしい。

3200人中の12人。このツアーの前日に最終面接をすませてきて、このツアー中に返事がくると言っていたから、私も気になっていた。結果を待っているあいだに本人がボルテックス状態になっているなんて、ものすごくいいよね。

なんか……パワーがみなぎってきた。今日も雲ひとつない快晴。

さて、今日はまず、オーククリークビスタの展望台に向かう。

セドナは、少し車で走るだけでまったく違う土壌になる。赤土の岩山は終わって黄色い岩山が現れ、山の斜面に木がどんどん増えてきた。紅葉も少し始まっていて、砂漠やサボテンは見えなくなる。

このあたりはネイティブアメリカンの居住地だったところ。前回ここを通ったときに、なぜか急に私の祖父母や家族のことが浮かんで、みんなで集まった昔のお正月のことを思い出したりしていたら、「ここはネイティブアメリカンたちの家があって、家族や仲間とみんなで集まって儀式をしていたところなんです」と言われて驚いた場所。

サーッと風が吹いて、黄色い紅葉の葉っぱがたくさん落ちてきた。

「うわーーー、綺麗」とバス中の声がそろう。バスに葉っぱが向かってきている。

展望台の渓谷は絶景だった。その近くに並んでいるネイティブアメリカンの子孫たちの屋台で、買い物。意外とみんな、ここでたくさん買い物をしていた。

「ここが意外と好き。ここまで来れてよかった」と言っている人も多数。

昨日「UFO」に連れ去られるかと思ったと話してくれた独特の感性のM・Kさんが、またおかしかった。

「私、美保子で、帆帆子さんと一字違いだから、絶対に縁があると思っていたんですよ」から話が始まる。この時点で、「美保子っていう名前はわりとあるけどね」とそこにいた誰もが思っただろう……（笑）。

あ、でも待って！　考えてみたら、私、結婚したこの美保子さんと同じ苗字になったから本当に一文字違いだ。どうしようかな、それ言おうかな、と迷ったけど、こんなに盛り上がっているから言ってみた。

するとと「えええ？　ご主人の名前ってなんです？　うちは〝こうじ〟って言うんです。こういうときは夫の名前も似ていたりするから」

とか言ってきた。こういう意外な切り返しのくるのがこの人の面白いところ。

そして実は、私の夫の名前も「こう」で始まる。さすがに全部は言わなかったけど、

「ヒャアア、やっぱりそうですか！　私も結婚して姓がこれに変わったので、どんどん近づいてきてますね」

「じゃあ……いつかほほこになるよー（笑）」

なんつって、みんなで笑う。

コーディネーターのYさんがしみじみ「ホホトモの皆さんって、本当に前向きですね」と笑っていた。


帰り道にある土地の水が飲める井戸で水を汲む。ああ、2年前に来たときを思い出すな……あ、あのときと同じマフラーをしているわ。

次は「ガーランズ」で買い物。ここは、その辺り一帯の地主だったガーランズさんが60年近く前に始めたお店。上質でハイセンスなデザイナーによるインディアンジュエリーが並ん

でいる私の大好きなお店。

みんなそれぞれに楽しんでいた。私は砂絵の大きなのをひとつ買う。その横に並んでいる精霊が宿る「カチーナ」の人形も、ここのものはとても素敵なのでジーッと見た。色合いも、派手なのにシック。ここのカウンターで、まだあまり話していなかったホホトモさんともゆっくり話すことができてよかった。彼女はこの人形を買った様子。

今日は風が強いので、ホールフーズでお昼を買い、ランチは車の中で食べることにした。私はランチボックスにして、野菜や果物やチキンなどを選んで詰めた。それと、今日の夜中に日本に出発するので朝食用のドーナツやクロワッサンなど。


クレッセントムーン公園は紅葉が始まっていた。手前のオーククリークからは、きのう登ったカセドラルロックの裏側が見える。あんなところまで登ったなんてね。

気持ちがいい。空は青く、紅葉に囲まれた林の道は、妖精のいる小道と言われている。水がキラキラ。通りがかりの白人のおじさんが、その辺に落ちている枝で作った杖をくれた。立派な杖だ。ドラゴンクエストみたい。「帆帆子は杖を拾った」という感じ。

しばらく進んだ奥に、川の流れの始まりがある。カセドラルロックから流れてくるクリークで、前回来たときにもすごく気持ちがよかったところ。奥から手前に水がどんどんくるところを眺めているとグルグルしてくる。

そこからさらに奥に進むと、「ケルン」と呼ばれる小石が積み上がったものがいくつも出てきた。結構大きな石の重なりもある。壊れずに積み上がったら「make a wish」らしい。

そこで、トランクが出てこなかったYちゃん（保育士）と、子供の話をゆっくりとする。

奥にはさらに素敵な景色が広がっていた。ここまで来るのははじめて。キラキラしたクリークの向こう側はカセドラルロック裏側の麓《ふもと》。そこにも道が通っていて犬がいた。みんな、虹色の光が写り込むような写真を撮るのに夢中。

セドナでは、毎日流れがよく、すべてが完璧に進んでいくのを感じられる。

そんな中で私はどんな状態かと言えば、非常に淡々としていて……それがすごく面白い。ボルテックスでも、特になにかを願ってもいないし、自分の未来についても考えていないし、ただ目の前のそれを味わっているという感じ。

それがいい。こういう感じで東京でも過ごしたい。


次はセブン・セイクリッド・プールズ、7つの泉。

泉に向かう「ソルジャーパストレイル」を20分ほど進むと「デビルズキッチン」という奈落の底のような穴が出てくる。岩が切り落とされて地形が変わっている場所。岩が崩れたときに立ち上る赤い噴煙が、遠くから見ると、デビルがその場所で料理をしているように見えるところからついた名前らしい。

ここでは、自分にとっていらないもの、さよならしたいもの、離れたいものを置いていくといい。「さよならーーーバイバイ」という感じで、こだわっているものにさようなら。

私は今回、デビルズキッチンの向こうにそびえている大きな岩に吸いつけられた。横向きのスフィンクスがいるように見えて、さっき車で走っていたときも気になっていた岩だ。近くで見ると犬にしか見えない。もっと近く、デビルズキッチンのすぐ上にある岩は、天狗のような人の顔に見える。セドナには「何かに見える岩（それにしか見えない岩）」というのが本当に多い。

そこから15分くらい歩いて7つの泉に着いた。各泉は自分のチャクラに対応している。私は3番目と4番目のあいだに座った。

ホホトモさんのひとりが各チャクラの意味やテーマをネットで調べて読んでくれた。4番目のテーマは「愛と人間関係」だって。なるほど。

「自分で納得するのはいいですけど、他の人に『ああ、そこに座ってるの、わかる』とか言われたら嫌ですね」

「あなたは〇番じゃない？とかね（笑）」

なんて話す。1番と2番に座った人は水が枯れていたので、「枯渇《こかつ》しているってことかな」なんてつぶやいていた（笑）。隠れた能力が引き出されますように。

向こうの山から指している太陽の光が逆光になって写真が撮れないな……と思っていたら、ちょうど山の向こうに隠れた。その途端、風が吹きつけて急にサーッと暗く、寒くなる。太陽ってすごい。

さて、ホテルに戻り、夕食まで1時間ほど自由時間。私は通りに出て息子へのTシャツを探す。ニョキニョキしたサボテンだとか、グランドキャニオンみたいな山などがプリントされていない、なるべくシンプルなものを2枚買った。

夕食のフェアウェルディナーは町中にある「ハートラインカフェ」。

ツアーの恒例、食事をしながら、ひとりずつ今回の旅の思い出を話してもらうというのをした。ひとり2分くらい。

これが毎回、すごくいい。あまりに素晴らしい話をみんながするので、途中でメモしたくなったほど。みんなのこの数日間がよくわかる。

たとえば……。

とても元気で明るく、よく気がつくMさんは、今回も華やかに元気にまわりに笑いを振りまき、なおかつ状況をよく見て動いてくださった。その人と同室になったDさんは、「そんなMさんと同室になったことに今回のツアーの意味がありました」と話していた。わかるわかる、まず単純に、Mさんといると自分も明るくなるよね。明るい、楽しい、面白いって大事だな、と元気が出るよね。

Mさんは、キラキラした光り物を身につけていないとテンションが上がらないそうで、今回の旅行にも、ガラスでできた巨大な指輪とか、ミラーボウルのようなネックレスとか、

「こんなのつける人いるのだろうか」というような派手可愛いアイテムをたくさん持ってきていた。決して下品にならず、独特のセンスが感じられて、なによりとてもよく似合っている。

最終日のこの日、同室のDさんがそのMさんのアクセサリーを身につけて現れたときに「あ、同室になって本当によかったな」とこの話を聞く前から思ったもんだ。完全にMさんのエネルギーがDさんを明るくしたよね。

同室が起こしたミラクルは他にもあった。ある人は同室になる人への希望欄に「気楽な人」と書いていた。すると、「気楽な人」と一番言われたかったKさんが同室になったらしい。

そのKさんは、「ホホトモさんと一緒にいると、絶対にうまくいくという暗黙の安心感が常に心にある、これを日本に戻ってひとりになっても維持したい」と話していて、みんなのまとめのような感想になっていた。それ、私もそう。

ひとりでそれを忘れそうになったときには、このセドナのことを思い出そうと思う。ここを思い出してワクワクと……。もしそれが続かなくなったら、また似たようなことを体験すればいい、そうやって少しずつ維持できるようになっていく。

意外な人が感動の涙に声を詰まらせているのもよかった。ホホトモベテランのHさんは、来る前に家族のことで心配なことがあったらしい。

でもここで自分がワクワク過ごしているうちにそれが解決し、しかもその内容が、参加している別のホホトモさんと絶妙にシンクロしていて、それぞれがつながっていることを再確認したという。

わかるわかる。たとえば家族のひとりがワクワクとボルテックス状態になっていると、家族の他のメンバーも連動する。究極は、まったくの他人ともつながっていることを感じられる。言うなれば……ワンネス。

トランクが出てこなかったYさんは、「ここでは、仕事では出せない自分を出せている」と話していたし、最後に話したKさんは、「ホホトモさんのエネルギーが素晴らしすぎて……」と泣き出したのには、心底驚いた。意外すぎて……。

はぁ、充実したこの気持ちは最高。

これからパッキングする。あの天然石の柱をどうやって持って帰るかが悩ましい。クッションふたつを含むクリスマスの買い物もかさばっているし。

でもその前にコーヒーを淹れて、ゆっくりしようと思う。プリンスの動画をもう一度見て。

明日は朝の5時前に出ないといけない。

11月15日(木)

今、乗り換えで中継地のロス。ここのラウンジはなかなかすごい。正面のガラスのウィンドウがバババーンと大きく、アメリカ国旗がついた機体がいくつも並んでいるのはいかにもアメリカらしく、絵になる。和食のメニューも豊富で、うどんを頼む。

日本への飛行機の中ではアルコールをいただいて深く眠った。最後に寝だめ。

夫が迎えに来てくれて、車に乗ってやっとホッとする。

「どうだった？」

「もうね、すごかったよ」としか言えない。


家に入る前、玄関でビデオを録画にして、プリンスの名前を呼びながら中へ入る。「あれ？（この声は……）」という感じで廊下の向こうから顔を出し、「あ！」とうれしそうに走り寄る姿、可愛い、可愛すぎる。

それからはもう、夫とママさんに機関銃のように話す。

11月16日（金）

朝起きてセドナのことを思うと、日々のなんでもないことが楽しく感じる。

バージョンアップした自分、新しい自分になっていることを感じる。

今朝も、プリンスと夫と3人で朝食を食べに行きながら「楽しいなあ」とただ思う。これまでも楽しかったけど、さらに。

プリンスは成長していた。スプーンを使って上手にお弁当箱からご飯を食べ、そのあと私のパンケーキをフォークで突きさして食べている。

彼は仕事なので先に帰り、私とプリンスは近くを散歩。

「抱っこ抱っこ」と言うので、途中からずーっと抱っこして帰る。


セドナで買ったものを、前回セドナに行ったときに作ったセドナコーナーに並べた。ターコイズがついている十字架が特にお気に入り。天然石の柱は毎日見ていたいので洗面所に置くことにする。好きなものがあるっていい。

プリンスの部屋の写真も入れ替えた。写真を入れ替えよう入れ替えようと思って数ヶ月、ようやく。前に友達が「額装しようと思っている家族の写真とか、絵が廊下に立てかけたまま1年以上経ってる」と言っていたけど、あるよね……。

滞在中、ママさんには本当にお世話になった。今さらながら、拝みたい気分だ、ウーとチーにも。

そのウー&チーはじめ、今年還暦になる4人の仲間が主催したボジョレーパーティーがあるので、今日は新宿のパークハイアット。その名も「樽《たる》から飲むボジョレー」パーティー。

直前に乾杯の挨拶を頼まれて、「うっそ〜、早く言ってよ」と慌てて考えていたら、ずいぶん前にラインで頼まれていたらしく、証拠があった（笑）。ラインでは「かしこまりました！」なんて答えてる私。

ここは料理が美味しい。ローストビーフ、濃厚なチーズのパスタ、グラタンもよかった。

オレンジクレープのバニラ乗せも、色とりどりのパイも。

樽からボジョレーをたっぷりいただいて、2時間ずーっと食べて過ごした。

11月17日（土）

時差があるので、夜中に目が覚めて、ワクワクする。

きのうのプリンスは夜の8時前に寝たらしく、私が戻ってきた10時頃にギャーと起きた。

一週間いなかったおかげで断乳ができた。「もう泣いてもあげないようにね」とママさんに言われたけれど、あげません！　あの繰り返しは大変だったから。

11月18日（日）

だんだんと冬らしくなってきた平和な日曜日。

なんでもないことをしながら、彼とゆっくり話をするのが今は一番楽しい。

休日には休日の空気が流れている。


今回のセドナ、私にとっての素晴らしい収穫は、「私、まだ体力あるな」ということだった。授乳をしていた最後のほうは、とにかく疲れていてこのまま私どんどん体力が先細り？と思ったりしたけど、そんなことはなかった。セドナのボルテックスで体力の回復について感じることになるなんて、思わなかったな。ああ、よかった。

夜はアメリカンクラブへ。懐かしい人との約束がある。10年近く前に出会い、当時、お宅にもお邪魔したことのあるファミリーだ。最近、私の夫をきっかけに関係が復活して、思わぬ盛り上がりを見せている。

約束の時間まで、彼はジムへ。私とプリンスはプレイルームで遊ぶ。

3歳くらいの双子を連れたお父さんが入ってきた。フランス人のようだ。ご主人と入れ代わりに入ってきた奥さんはアジア系。なんとなく話し出したら、香港人だとのこと。とても綺麗な英語を話していた。ドバイで感銘を受けた「グローバルイングリッシュ」だ。次に会ったら友達になろうと決める。

10年ぶりにお会いしたファミリーのお母様（奥様）は、以前と少しも変わらず、明るくお元気だった。お嬢さんは見違えるほど綺麗なお年頃に。

1ヶ月ほど前、あるチャリティーパーティーで夫とこの奥様が同じテーブルになり、もともと共通の知り合いが多かった上に私のことを知っていたこともあって、今日がある。人とのご縁って面白いよね。そして私と夫は、結構こんな感じでお互いの知り合いが絡み合うことが多い。

11月19日（月）

プリンスは、私がいないあいだに本当に成長したようだ。

こちらの言うことはなんでもわかるし、よく観察しているので感心する。私がしばらくいなかったことも、なにかの刺激になったかも。

ほっぺたにできている赤みがずっと取れないのでクリニックへ。

薬局で薬をいただき、小雨が降り始めた薄暗い夕暮れの中を走って帰る。冬の始まりを思わせる寂しい夕暮れ。

これからの2、3年は子育てに集中することになりそう。2、3年で終わるはずはないけれど、体力的に一番、という意味で。そうと決まれば楽しみな次の計画がパラパラと心に浮かんだ。

11月20日（火）

この数日、夫は早朝ミーティングで朝が早い。

私は6時半頃に起きている。今朝は暖かいところでゆっくり落ち着いて食事をしたいと思い、ウェスティンのモーニングビュッフェに行った。

なにもかも気が利いていて美味しかった。特におにぎりコーナー。ほとんどが外国人の宿泊客なのもよかった。帰りにプリンスに大きなクリスマスツリーを見せる。

戻って、家中に掃除機をかける。ルンバでは届いていないような隅も。プリンスは、ルンバをまわすと他の部屋に出ていかないように慌ててドアを閉める。

今日は、予定していた仕事がすべて終わったし、流れもよかった。朝、思いついてパッとウェスティンに行ったことがよかった気がする。

結局、こういうことが大事なんだろう。「今日はこういうことをしたいな、今はこんな気分だな」にどこまで素直になれるか、行動に移すことができるか。それが「楽しい気分」の持続につながる。その楽しい気分は家庭にも仕事にも反映されるし、それが繰り返されてその人（家族）の未来が創られる。

こういうとき、「それができない人もいる」と思う人もいるかもしれないけれど、自分の日常の世界で、これまでより少しだけ「自分の気持ちに素直になること」は誰でもできる。自分が思いつくことは自分には実現可能なことだけだし。

他人の状況との比較はいい。他人の思いつくことが自分にはできなさそうと感じても、それはその人の世界。そこだけを見て「それがすぐにできない人もいる」とか言う人って（もしいたらだけど）、理解力が足りないかも。

理解力って、大事。その言葉や意見が根本的になにを伝えようとしているか理解しようとする力。

11月22日（木）

夜中にうっすらと憂うつな気持ちになった。私はやることが多いと焦ってこの気持ちに陥りやすいので、またそれか……と思う。気分でも変えようと、ネットで新しいアイフォンケースを買った。

久しぶりに「ズーム」を使って打ち合わせ。今作っている財布について。

軽井沢にいる親から、「ここでのクリスマスの始まり」と写真が送られてきた。ママさんが拾った枯れ枝で作った十字架。モミの葉と松ぼっくりもついている。

11月24日（土）

先日、夫の実家から果物がいろいろ届いたのでプリンスにりんごを持たせて動画を撮った。カメラがまわった途端、いつも連呼している「アポー（apple）」を突然言わなくなったプリンス。夫の実家に送りたかったのに。

再生したら、夫がプリンスに言わせようとしている「アポーアポー」という小さなささやきまで録画されていて、撮り直しとなる。

今日のホホトモサロンの参加者は13期（今年の10月）にご入会の新しい方が多く、そこにセドナに参加したAさん（就職試験に合格されたAさん）と、サロン3回目の常連さんが混ざるという新しい雰囲気となった。

「自分の中で居心地のよいほうを選択しているのか、ただ怠けているだけなのかわからない」というご質問があった。その方は女医さんで、今の職場を変えたい（自分が外へ移りたい）と思っている、でも他の病院を見に行こうと思うと、そこには気が進まない。それはやるべきことをやっていない（ただの逃げ？）のように感じられる……というもの。

うん、よくわかる。でも、その「病院は移りたいけれど動こうと思うと気が進まない」という感じ方を含めて、「居心地のよいことから進めていく」という方法で大丈夫だと思う。というか、私だったらそうする。

今の職場を移りたい、と思っている以上、他の病院を見に行きたい気持ちはいつか必ずやってくる。気持ちが変わるときなんて、一瞬だ。なんで急に？というくらい。その気持ちの盛り上がりは1週間後にでもやってくるかもしれない。だから気持ちが乗っていないときには「動かない」というのがベストな選択。そこで頑張って動いても、その波動と同じようなものを引き寄せるだけだと思う。

他に印象的だったのは、私の日記（「毎日、ふと思う」）を読んで、「こんなに自由でいいんだ、と思った」だって。そうか……。

ホホトモサロンは、最近私の中で「癒しオアシス」のようになっている。

そう、私は「癒しオアシス」のような場所を作りたい。「秘密の宝箱」のイメージにそれも加えよう。癒しのオアシス、癒しオアシス……。

プリンスのバギーに、冬用のモコモコマフを取り付けた。すっぽりと包まれて暖かそう。

11月25日（日）

朝食のあと、散歩に行こうということになった。気が早い私たちは、いつか住むかもしれないあのエリアに行ってみよう、と車に乗る。

今日はわりと暖かく、プリンスもホカホカしている。

目的地エリアを40分ほど歩き、とりとめなく話す。そうか、ネットで見たところはここかぁ、なんて話しながら。

最近の私たちは「シンガポールに行こうか」と話している。メンバーはいつもの旅仲間４人。プリンスも入れて５人。12月にしようかと思ったけど、さすがに難しかったら年明けくらいがいいかもしれない。

知り合いに勧められて泊まってみたいホテルや、シンガポールのプラナカン文化について調べたりもした。ハワイのラナイ島も行きたいけれど、これは家族３人だけで行ったほうがよさそうなので、夫がゆっくりお休みがとれるときにしよう。

夜は、このあいだアメリカンクラブで再会したファミリーのお宅にお邪魔する。サンクスギビングサパーへのご招待。アメリカンカラーの強いファミリーなので、インテリアもアメリカのよいところが満載。

大きな玄関ホールにドドーンと大きなクリスマスツリー。

ただ広いだけの家や設備が充実している家はよくあるけど（たとえば自分たちだけのシアタールームやジムがあるというような）、このお宅のような素晴らしいインテリアのエネルギーを感じられる家はなかなかないので、大変居心地がよかった。前にお邪魔したとき（当時は別のマンション）も、同じように心が躍った覚えがある。当時の「毎日、ふと思う」にも書いた気がする。プリンスは、そこの家のご長女に可愛がっていただき、私は安心して食事をすることができた。

大きなターキーとたっぷりの野菜。食後にアップルパイ。プリンスも自分の食事を食べてから、ファミリーダイニングのほうのツリーをさわったり、大きなぬいぐるみで遊ばせてもらったり、ピアノを弾かせていただいたり……。

そうそう、ピアノに向かったプリンス、突然、なにかが乗り移ったかのように目をつぶり、髪を振り乱して鍵盤を叩く姿を見てしまった。

それを見たご長女も「パパとママにピアノを買ってもらったら？」と言っていた。たしかに……。

なにかが降臨したか
のように．上を向いたり
目をつぶったり
激しく
弾きこんだり
…好きそう

家に帰ってから携帯を忘れたことに気づく。

すぐに電話したら家まで届けてくださって……申し訳ない。携帯電話を外に忘れるなんてはじめて。今日は帰りのタクシーの中にも買ったばかりのプリンスのモコモコ靴下を忘れたし、忘れ物の多い日。

11月26日（月）

きのうの家のことを思い出し、アメリカナイズされたインテリアで頭がいっぱい。ものがたくさん置いてあっても統一されていれば素敵、という見本のようなインテリアだった。

私は「シンプルでさっぱり」より、あんなふうにたくさんのものがあって統一されているスタイルのほうが好き。

さて、今週の「To do List」を見てみると、クリスマスカードを出す、クリスマスツリーを出す、とある。フゥ……。

11月27日（火）

仕事って、他の人から見える明るみに出てくる部分の裏に、数え切れないほどの積み重ねがある。

作業というより気持ちの積み重ね。そこまでワクワクした気持ちを維持してきたこと。途中に発生する様々な作業（ときに「面倒なこと」もある）に対して、ワクワクした気持ちを支えに投げ出さなかったこと。

どんなことでも、そうなるまでの隠れた部分があるよね。

今日は、月に一度の会計士さんが来る日。といっても、私がなにかするわけではないので、サロンで仕事をしながら終わるのを待つ。

キッチンから廊下につながる棚を掃除した。いろいろと大事なものが詰まっている棚。3分の1の量になった。

AMIRI の新作も考える。

前にそれを作りたいと思ったときは作業工程的に難しそう（できるけれど、ものすごく高くなってしまう）という状態だったことが、このあいだの連絡によるとできるようになったみたいだ。うれしい。さっそく始めよう。

11月28日（水）

ちょっと気になることがあるので、「いつものあそこ」へお参りに行く。

悩みごとを預けてスッキリした。

「悩みって、そこに焦点を当てなければないのと同じだよね」

とママさんと話す。

「トラブル的なことも、絶対にいつかは解決するんだよね」

「そうよね、ただの通過点よね」


クリスマスツリーの飾り付けをする。たくさんの飾りに興奮気味のプリンス。抱っこして、いくつか球をつける。


夜は、ウー&チーと私の母と4人で食事。

先月はじめて行ってとても美味しかった会員制のレストラン、再び。セドナ滞在中にお世話になったので。

今朝から楽しみにしていた通り、とても楽しかった。セドナのお土産などを渡して、またいろんなことを話す。未来の話を同じ目線でできる仲間はとても大事。

12月1日（土）

財布のサンプルができあがってきた。

とてもよくできている。職人さんが「ここが納得できない」という点を細かく挙げてくれていて、それもうれしく思う。たしかにそこは私もほんの少しだけ思っていたことなので、次の段階で直してもらおう。そのためのサンプルだ。

でも全体的にイメージ通り。色なんて、想像していたよりもよかった。ありがたい。

12月2日（日）

寒い曇った日曜日。今日は上野動物園に行くと決めていた。

それを思って、夜中から楽しみだったくらい。

首都高が空いていたので家から20分ほどで到着。

公園の入り口まで来て驚いた。人がたくさん……。

「そりゃあ、そうだよ、上野公園って全国から人が集まってくるんだから」と夫に言われる。へ〜、そうなんだ。「ムンクの叫び展」とかやっている。

動物園はすぐに入れたけれど、パンダは180分待ちだって……。

180分、パンダに3時間……。

それを横目に、まずはゾウの檻《おり》へ。プリンスは、「お！」とゾウを指差して、ジーッと見ている。大きいね。しばらく見てから隣の猿山へ移動。ここでもジーッと見入っている。お掃除に入ってきた飼育員の人に「お！」とか言いながら。

夫「あれも、猿だよ、一種の」

帆「そんなややこしいこと教えないで」

シロクマの檻では、シロクマより滝に興味があるようだった。それから日本のクマを見る。ヒグマって、大きい。

私「これが襲ってきたら、勝てないかも」

夫「勝とうと思ってるの？」

私「いや……（笑）、だってほら、男の人がクマに襲われたりするニュースを聞くと、なんとか戦えないものかな、とか思うじゃない？　でも無理だねこれは、と思って」

それから痩せ細って覇気のないライオンを見て、こちらに背を向けて寝ている小さなトラを見て、夫が「ゴリラ、ゴリラ」と言うので通り過ぎたゴリラの檻に戻って、食事中のゴリラを見る。モノを食べるゴリラ……必要以上にリアルで笑える。

上野動物園って、広いのね。向こうのエリアに行こうと思ったらゴンドラがお休みというので、テクテクと橋を渡った。今日は寒い。

このあたりになって気づいたけど、プリンス、寒いんじゃないかな。大人はこんなに着込んでいるのに、プリンスは半袖の上にセーター一枚。バギーについているモコモコの防寒シートはあったかいけど、首回りは出ている……と気づいて慌ててダウンを着せる。

空は薄暗く、動物のにおいが漂い、寒い……。

帆「ねえ、もうあとキリンだけ見たら帰らない？　で、帰りにあったかいところ行かない？」

夫「そうしよう（笑）」

そこからはもう、キリンだけを目指して進んだ。プリンスもキリンは楽しいらしく、指差していつまでも見ていた。やっぱり、ゾウとキリンだよね。

キリンの隣のカバは、「近づくと糞を撒き散らしますので注意」とか書いてあるし、近くにあった不思議な顔のペリカンみたいな鳥は、見ているあいだ中、微動だにしなかったし、シマウマは薄汚れていていてベージュ……フー。

「もういいよね？」

「充分だよね」

「やっぱり、寒いとか暗いって、人を縮こませるね」

とか言いながら、プリンスを抱えて猛然と車に戻ってホッとする。

帰りにアメリカンクラブへ。

「寒い日曜の夜なんて外国人ファミリーであふれかえってるよ、きっと」と夫が言っていた通り、いつものレストランは1時間以上待ちだったのでやめた。

「でもあったかくなっただけでもよかったね」と言いながら、帰りに成城石井でいろいろ買って帰る。いい一日だった。

12月3日（月）

プリンス、風邪を引いたかも。鼻がズルズルして、咳も出ている。きのうの動物園だ……私のせいかも、あんな薄着で。と思ったけど、本人はいつも通りに元気なので、あったかくして今日は家でぬくぬくしよう。

12月か……。子供と一緒の日々って……忙しいけれど暇だよね。だいたい毎日同じことの繰り返しだし。ああ、でもこれが幼稚園に行き始めると、この世のカレンダーにならうようになるし、いろんな意味で忙しくなるんだろうな、とか思いながら、今月も届いた赤福の朔日餅をいただく。今月は「雪餅」。

誰かに対して「足りない！」と憤慨することが起きたときは、その人がこれまでやってくれたことを思い出そうと思う。すると、持ちつ持たれつのお互いさまだな、と思う。

先日、「チマタの噺《はなし》」という番組（テレビ東京）で、ゲストの浅野忠信が話していたことがとてもよかった、と友人が教えてくれた。

浅野忠信がまだ今ほど売れていないときに、アメリカのある映画監督の映画のオーディションを受けた。結果は落選。もう一度受けようと思ったらマネージャーは相手にしてくれなかった。でも自分はその監督が大好きだったし、いつか絶対にあの監督の映画に出る、と心から思っていた。そうしたらそれから十数年経って向こうの方から連絡があり、その監督のオーディションを受けることになって映画に出演した、という。

「そうなりたいと思うことは、思い続けていれば絶対にそうなりますよね」

と言っていたって。

そうだよね、だって、そこにエネルギーを送り続けるんだから。

夕食で飲もうと慌てて冷凍庫に入れたシャンパンのことをすっかり忘れていた。開けたら、瓶が割れている。冷凍庫の一段にガラスが飛び散っている。丁寧に取り除いて、写真を撮った。「シャンパンシャーベットです」と食卓に出してみたけど……美味しくなかった。

12月4日(火)

今日は、あるパーティーで知り合ったオーストラリア人のEさんとふたりでランチ。とても楽しみだった。

原宿の奥まったカフェで待ち合わせ。お客さんはみんな常連さんっぽく、日本人のほうが少ない。約束を10分くらいすぎたときに、Eさんが入ってきた。

ずっと、外のテラス席で待っていてくれたみたい。外へ行こうと立ち上がったら、ちょうどそこにEさんの友達(フランス人)が通りかかり、ふたりはとても久しぶりに会ったらしく興奮している。なので、そのフランス人も一緒に外の席へ。さらに、Eさんが私が来るまで話していたという日本人のKさん（そのカフェや続きのお店一帯のオーナー）を紹介された。

結局、その4人みんなでおしゃべり。

その時間が、なんともとても居心地がよかったのだ。

私が約束をしていたEさん以外はそれぞれみんな初対面なのに、話が弾んだ。フランス人とお店のオーナーKさんは、それぞれ別々に、私の親戚のことを知っていた。仕事をしているとつながることはよくあることだけど、仕事ではなく、公園での犬仲間（いぬとも）なんだって（笑）。

そしてフランス人とオーナーKさんが帰ったあと、私はEさんと本当に楽しい時間を過ごした。こんなに英語の会話が楽しかったのは久しぶり。私のニュアンスがよく伝わっていて……ウマが合うんだね、きっと。日本人でもニュアンスが伝わらない人はたくさんいるから、こういうことは人種には関係ない、という当たり前のことを再確認する。

2時間近く話して、そろそろ帰ろうというとき、Eさんが言った。

「なんか今日はすごい！　次々といろんな人とつながって。ここ、パワースポットみたい。さっき後ろの席で知り合った人も面白くてね」

と言いながら後ろの席の人たちを紹介してくれた。インドとイギリスと日本がミックスした女性と、自然療法をやっている日本人の男性。そこでちょっと立ち話しただけでも、彼らの感覚が私とEさんととても似ていることがわかった。「それ、さっきまで私たちが後ろで話していたこと！」みたいな。

その女性は、「こういう話を英語と日本語と両方でできる人が欲しかったの!!」なんて言っている。

まったく今日はなんなんだろう。不思議なつながり空間。都会のパワースポット。

12月5日（水）

今、私は、気がかりなことがなにひとつない、とてもクリアーだ。

……いや、あるな。掘っていけば気がかりなことは、ある。

でも、それを考えていなければないのと同じだから……やっぱりない。


きのうのカフェでの会話を思い出していい気分に浸る。

新しいAMIRIのデザインを考える。新しいAMIRI、この響きもいいね。

両親や従兄弟たちから届いたプリンスへのクリスマスプレゼントをツリーの下に置く。

12月6日（木）

最近のプリンスは、朝起きてしばらくボーッとしているときに、キッチン台の上に座りたがる。今日は大きなタオルでスッポリくるんであげた。巨大な地蔵のよう。

おとといのカフェでの出会い、よく考えてみるとすごいことだと思う。わずか2時間ほどのあいだにいろんな出会いが成就していた。それぞれが「こういう人にずっと会いたかったの」なんて言っちゃって。

みんな、日頃から考えていることがはっきりしていてブレのない人たちだから、それに沿ったものを引き寄せているんだと思う。自分の好きなことやりたいことを考えている時間が長いということ。

きのうの空気感、雰囲気を維持しよう。

12月7日（金）

来年の1月、私の誕生日あたりにどこかに行こうということになったので、今調べているところ。シンガポール案は却下となり、東南アジアはプリンスにとって今はちょっと違うよねとなり、となるとヨーロッパかな……まだ保留。

朝の9時すぎ、ママさんとプリンスといつものカフェへ。

プリンスは見終わったメニューを店員さんに渡し、持ってきた自分のお弁当を夢中で食べ始めた。朝食の時間が遅くなってしまったのでお腹が空いている様子。デザートに私たちのパンケーキを少し食べる、ヨーグルトとバナナも。

店内の向こうに、ちょっと知っている人を発見。去年、あるパーティーで隣の席になった女性（仮にYさん）だ。仕事バリバリだった印象で、Yさん自身よりも、その「仕事をしているスタイル」が印象に残っていた人。

私がお店を出たときに向こうも出てきたので会釈する。「ああ、あのときの！」と覚えていてくれた。

そのわずか数秒の会話で、私の仕事へのスイッチが入った。Yさんの強烈なエネルギーがこちらに流れ込んだと思う。たったこれだけでも影響を受けるのだから、時間を割いて誰と会うかは本当に大事。自分で選べることならなおさら。

そして、私やっぱり仕事が好きなんだな、と思った。


家に帰り、今週末にあるホホトモクリスマスパーティーの準備をしながら、さっきのYさんのことを考える。すると不思議と未来の私の姿が見えてくる。今、私がやりたいと思っていることを鮮やかに実現している姿。そうするために今できることを考える。

こうやって少しずつ、自分の望みのイメージを助けることが起きてくる。たとえば「ダイエットしよう」と思い始めると、美しい女性に会ってますますやる気が出た、というようなこと。

こういう流れをしみじみと感じられているときというのは、とてもよいとき。そして自分が強いとき。なにものにもブレない私になっているとき。

セドナに行く前の私は、体力含めて疲れていたのですべてに対して意欲がなく、かと言って、過ぎ行く毎日の幸せにも無頓着だった。でもセドナ以降、まずは体力があることを再確認した途端、以前の創造的な流れが戻ってきた。

12月8日（土）

朝食にフレンチトーストを作る。プリンスには、野菜たっぷりの卵焼きと納豆ご飯とトマト、デザートにイチゴ。イチゴって、今や一年中並ぶものになった。

今日から私がデザインしたお財布が販売になる。午後、それを思い出して状況を確認したら、すでに先行発売用に用意した数は売り切れたらしい。

ホホトモクリスマスパーティーの準備。頭につける飾り（ドレスと似た生地で作ってもらった）が、上手にくっつかなくて時間がかかり、バタバタと家を出る。

今日の衣装は紺のロングで、全体がふっくらとふくらんでいるので自分で車を運転することはできず、いろいろやっていたらタクシーを呼んでいる時間もなくなって、急きょ夫に送ってもらうことにした。

夫「え？　いいけど、このままの格好でいい？」
帆「全然、問題ない」
夫「……降りなければね」
帆「そんなときに限って降りる用事ができたりして……ヒヒヒ」

夫「早くしたら?」

とか言いながら出発。

アメリカンクラブの一階で、同じマンションの女性に会った(パパ、よかったね、降りなくて)。お子さんが3人いらして大型のベンツのヴァンに乗っている方。今までお互いに会釈をする程度だったのだけど、お互いに思わず「あ!」と言い合ってしまい、笑った。

今日は地下でファミリー向けのクリスマスショーをやっているので、「それですか?」と聞かれる。「いいえ、違います」。もしそれだったら、この衣装は張り切りすぎだろう……。始まる前に控え室で自撮りをしたら、大正時代みたいにレトロな写真となった。控室が木目調の部屋だから余計に……「鹿鳴館のダンスパーティー」的な……。なんかこの衣装、失敗したか?


今、パーティーから戻ってきたところ。

毎回言っているような気がするけど、今までの中で一番よかった(笑)。私自身の話もすごく乗っていたし、テーブルまわりも充実した話をたくさん聞くことができたし、みんな明るくて楽しそうで、言うことなし。

いつもすごいなと思うのは、基本的に自由席なのに、環境や今の状況が似ている同士が一緒のテーブルに座るようになること。こっちの人にとって必要な状況を向かい側の人が実現していたり。たとえば、素敵なパートナーを見つけて結婚したいと思っている人の隣が、結婚したばかりの新婚さんで、その話を聞いていて気持ちが盛り上がった、とか。こんなところに神様が！だよね。

うれしい報告もあった。

以前、「引きこもっている家族のひとり（姉妹）と一緒に住んでいて、その姉妹のことが心配」という話を相談されていた方がいた。あれから数ヶ月、その引きこもっていた姉妹に夢ができて、今そこに向かっているらしく「いずれ家を出て行くことになりそうです」とととっても喜んでいらした。

その話を聞いたとき、私は「それを引きこもりと表現することもできるけど、長い人生の中で兄弟姉妹と一緒に暮らせる時間なんて本当に短いはずだから、今一緒に住める幸せを充分満喫したほうがいいと思う」というようなことを言った気がする。本当によかった。でも、今聞かれても同じように思うよね。

家族と一緒に住める時間は短い、理由はなんであれ、それを貴重にありがたく思ってもいいと思う。

そうそう、「洋服にサインしてください」という人もいた。クルッと背中を向けられたので、そこにサインとダイジョーブタを描いた。洋服にサインってはじめてだ。

読者やホホトモの皆さまは、私にとって癒しであり、支えであり、Extended Family。

ファンクラブのイベントで充実して帰ってきたときの定番、夫とふたりでシャンパンを開けた。

12月9日（日）

穏やかな今日。丁寧にキッチンを掃除する。

夕食のあと、バーバからプリンスへのクリスマスプレゼントを「もう開けてもいい」ということにした。早く遊ばせてあげたほうがいいと思ったので。

ボーネルンドのキッチンセット。自分で包み紙を破きながら「ワーーー！」と叫んでいる。組み立ててあげて、付属のお鍋やフライパンや調理器具を並べてあげる。さっそく遊び始めた。ポットから「チャ〜」と言いながらカップにお茶を注ぎ、「どうぞ」なんてパパに運んでいた。

12月10日（月）

プリンスは朝からずっとキッチンセットで遊んでいる。

動画をウー&チーに送ったら、「最後に電気を消すところが特にかわいい」と返信が来た。もう一度よく見てみると、彼の中で遊びが終わってフライパンや調理道具を扉の中や引き出しに片付けたあと、たしかにスイッチの絵が描いてあるシールのところを押している。

12月12日（水）

未来に望んでいることが本当に「そうなる」と心から思っているときって、「そうなるように信じる」という感覚ではなく、「そうなることを知っている」という感覚になる。

高校時代の友人と3人で集まった。プリンスも一緒に、またウェスティンのビュッフェ。クリスマスシーズンで、ランチビュッフェが7000円になっている。お互いの近況などを話し、これから行こうと思っている国のことを話していたら、

「私が帆帆ちゃんの状態だったら1ヶ月くらいどこかに行ってくるな」

と言われた。なるほど……と火がついて、そこから私の頭はプリンスと行ける可能性のある国のことで頭がいっぱいに。2月は、講演会など日にちをフィックスされている仕事がないから、これをあっちに動かして、あれとあれを前倒しにすれば……行ける！とか思う。

ありがとう！　たしか、前もこのメンバーで話をしたとき、彼女の一言でハッとするなに

かがあったんだよね。

プリンスはアムーアムーと出されたものを全部食べて、ジーッとみんなの話を聞いている。帰りに、ロビーにあった大きなおもちゃ、お菓子の家に顔を突っ込んでいた。

そういえば、1月の講演会、前売りの500名は満席になったそうで増席が決まったらしい。800名。

12月13日（木）

夜中、目が覚めたので、2月に1ヶ月ほどヨーロッパに行く計画を立てた。彼はそんなに休めないので、私とママさんとプリンスの3人。あいだの一週間くらいに彼が来てくれれば完璧。

今、私の中で候補に挙がっている国はクロアチア。クロアチアまでのアクセスや現地で借りる部屋（家）などをじっくり調べて、ますます「行ける！」とか思う。

気の早い私は、ママさんに電話。急なのでママさんもびっくりしているが、「ハワイよりも気が乗るわ。だってハワイだとやることは全部見えているし、新しいことはないもの」とか言っている。

夫にはもう少し温めてから言おう。なんせきのうまでは「結局ハワイになりそうだね」とか言って、ハワイ行きの飛行機をとってしまったので。

今日は夕方からうちでクリスマスパーティー。

リビングとキッチンに掃除機をかけて、廊下とトイレをいつもより念入りに掃除して、大皿や取り皿、ワイングラスやカトラリーを並べる。多めにナフキンを出して椅子を拭いたところで、まず買い出し組のウーとチーが到着。プリンスはさっそくクリスマスプレゼントをもらっている。トナカイのヘアバンドをして、練習した「ジングルベル」の踊りを披露していた。

6時すぎからゾロゾロとそろい始めて乾杯。8時前にウーちゃんのご主人と私の夫が帰ってきて、大人10名と子供2名がそろう。

美味しいワインはどっちだったっけ、とワインクーラーから2本出して夫に聞いたら、夫「あ、これはすごく美味しい……そしてこっちはもっと美味しい」

なんて言ってるので、両方開ける。ルイヴィトンのワイン、というのもいただいた。

プリンスは友達のAちゃんのあとをずっと追いかけ、隙を見つけては「ハーグッ（Hug）」と飛びつこうとするのになかなか相手にされないので、途中からあきらめてひとりで踊ってた。サンタクロースの帽子がついたヘアピンをプリンスにもらってつける。Aちゃんはカメラを向けるとおしゃまなプリンセスのよう、一方、息子は小鬼のようだった。髪もクルクルだし。

みんなで写真を撮る。

12月14日（金）

朝、パーティー後の散らかったリビングでボーッとする。

プリンスは、起きてすぐにバルーンに突進、今日も元気。

冷蔵庫を開けたら美味しそうなものがたくさんあった……パーティーの翌日はいいよね。

プリンスはほうれん草のソテーと鶏肉とさくらんぼを美味しそうに食べている。

お昼頃にママさんが来た。星の風船を片手に玄関に迎えに出たプリンスのことを「あらー、星の王子様みたいじゃなーい」と言っているので写真を撮る。

こんなのつけて
オニのパンツのような
のを履くと
小鬼にしか見えない

そう言えば、2ヶ月くらい前に急にラインから退出していて音信不通になった友達がいて、「え？　お友達やめさせられた？」なんて思っていたけど（ウソ、全然そう思ってなかったけど（笑））、どうしたのかと思っていたらスマホを落としたらしく、今日連絡がきた。

彼女にすごくうれしいことがあったので、私もものすごくうれしい。

有料メルマガ「宇宙につながる話」が「まぐまぐ大賞2018」を受賞した、と連絡がきた。

去年に続けて2回目。毎回4000字近く頑張って書いているので、すごくうれしい。

12月15日（土）

今年もあと2週間。ふるさと納税のサイトを見て、お正月の食材を買ってみることにした。いくらとかカニ、焼き豚、黒豆、伊達巻きやかまぼこなど。お節（お重に詰まった一般的なお節）は、毎年どこの料亭のものを注文しても我が家では不評なので、というか、どこも同じなので、今年から買わないことにした。

好きなものを選抜してお重に詰める予定。

「未来にやりたいこと」とか「目指していること」とか、この日記でもよく書いているけど、それって結局、「どんな心理状態にいつもいたいか」ということだと思う。その状態で見ている未来なら、形は結構なんでもよさそう。

12月16日（日）

夜中に目がさめて、チーズケーキを一切れ食べる。

11月の終わり頃から、冬のあいだは寒いのでプリンスも私たちと一緒の部屋で寝るようにしたんだけど、プリンスってば毎晩ベッドの真ん中に大の字。ダブルベッドを2台つなげているのに、私の領地は狭い。

夜はニューヨーク大学同窓会の集まりで赤坂の料亭へ。台湾から財閥夫妻もいらしているので芸者さんが入った。

今日も奥様はとても可愛らしかった。

12月18日（火）

やっと、やっとクリスマスカードを全部出し終わった。メンバーに入れ替わりがあったけど、今年も去年と同じくらいの数になる。

年賀状もそうだけど、一度出し始めたら、もうちっともその人には出したくないのに永遠に出し続けなくてはいけない、というような苦しいルールは今後はやりたくない。

このあいだカフェで見かけた、「仕事バリバリの姿が好きな人」のことだけど、あの人を見かけた頃から、私が今まで変にこだわっていたものがすっかりなくなった。すっかり、ではないとしても9割くらいは消えた。

それは私の中で「実は私はそんなにもそこにこだわっていたのか（こだわる必要ないのに）」というようなことだ。知ってはいたけれど、それまでは「それは手放せない」と思っていた。でも、そのこだわりによってできなくなっていることがたくさんあることに気づいた。

そんな意識の広がり、（必要のない）こだわりの解放を繰り返すことが成長なんだろう。

この気づきこそ、夢実現に必要なことだったりする。

12月19日（水）

2月に1ヶ月に海外に行く企画はなくなった。冬のヨーロッパに1歳半の子供と1ヶ月もなんて……と思ったら急に行く気が失せたのだ。

代わりというわけではないけれど、夫が10日ほど休みを取れることになったので、1月の終わりからフランスに行くことにした。ママさんと一緒の4人旅。「フランスあたりに行かない？」という案が出た途端、停滞していた旅行の計画に対して気持ちがパッと明るくなったので、そっちに決めたのだ。

12月20日（木）

プリンスは自分の気持ちが乗っていないと、できることでもまったくしなくなる。無理になにかをさせられるのが大嫌い……プププ。

時期的なものもあるだろうけれど、性質もあるよね。今後は、それをどんなふうに誘導するとやるようになるかを研究しよう。

そして（これは時期的なものだろうけど）ますます「ママがいい！」になっている。自分が遊んでいる近くの床を指差して、「ここに座って」と合図してくる。

さて、創作活動にあふれている私はAMIRIの打ち合わせへ。今作ろうと思っているのは天然石を使った指輪。

そう言えば昔、未来が見える人に「AMIRIの作品に天然石を使うようになるといいですね」と言われ、当時は天然石でできたジュエリーって、「お数珠」の延長のようなものしかネットに載っていなくてピンとこなかったのだけど、いつの間にか天然石のジュエリーは市民権を得て、私にも自然に作りたいものができた。

その人の未来に見えることとは、あくまで「その人の未来の一点（一場面）」に過ぎない。だから、そこだけを言われると不思議に思ったり、「それは違うな」とか思ったりする。

でも年月が経って実際にそうなった経緯を見ると、突然そうなるわけではなくて、そこにいくまでにいろんな気持ちや変化があったりして、だんだんとそうなっていく。だからそれを言われた時点で「それはいつ？　どんなふうに？」と経緯を突き詰めても、「自然とそうなっていく」としか言いようがないよね。

急に日が短く感じるようになった。まだ3時すぎなのに、もう5時くらい。

夫が久しぶりにうちで夕食になったので、「なにがいい？」と聞いたら、「さっぱり、あっさりしたもの」と言っていたので、ブリのバターガーリック焼きにする……さっぱりじゃないかも。それと「あっさりね」と思って、アサリのお吸い物、ポテトサラダ（これは好物だから）、それから野菜の素揚げ。薄く切ったレンコン、マイタケ、ブロッコリーなど。揚げたてにトリュフ塩をかけると美味しい。


夕食後、みんなで「ブループラネット」を見た。海の世界は神秘、と言うより恐いよね。あんなに大きな生き物がうごめいているなんて、人間は地球の一部に過ぎないことを思い出させられる。

海の中のいろんな動物の求愛の様子をやっていて、ずっと前に見た「世界一温和なイルカの求愛」というのを思い出した。おでこの部分にツノが生えているイルカたちが、お互いにツノを見せ合い、ツノの一番長いイルカがメスのイルカをゲットできるというもの。

帆「なんか、すごくいいでしょ？　温和な決め方で」

と夫に言ったらニヤリと笑って、

「どこが！（笑）田舎のヤンキーが『俺様のリーゼントのほうがカッコいい』みたいなこと

でしょ?」

と……(笑)

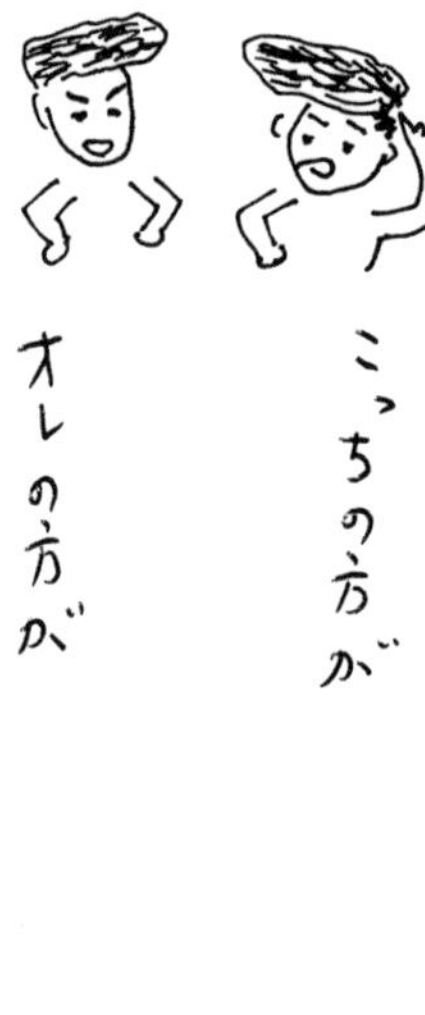

12月21日(金)

プリンスと外で遊んだ帰り、遊び疲れてバギーの上でぐっすり寝てくれたのでツタヤでパリの本を探す。

それを帰ってゆっくりと読んだ。

プリンスが一緒なので、キッチンがついているところ、ということで、はじめて「エアビーアンドビー」をためしてみる予定。

調べてみると、かなり安全そう。パリの中心地という条件の他に「2ベッド、エアコンとWi-Fi完備、5つ星の優秀ホスト、ホストが英語可能」などを入力したら、一気に候補が絞られてすぐに決まった。

身分証明書の写真を送ったあとに、今の自分の写真をパソコンカメラで撮って、登録完了、すごく簡単。


今日は夫が出張で泊まりなので、プリンスとふたりだ。

私はパリの本を読み続け、鼻息が荒くなっている。

私はこの1年半、冬眠をしていたようなものだと思う。

出産があったから当然かもしれないけれど、綺麗なもの、美しいものへの情熱を見失っていた。

最近は自宅のインテリアもいい加減だし、こんな状態でクリスマスに人を呼んじゃうなんて、信じられない気持ち。

そう、全然好きなものに囲まれていなかった。それを思い出した！　パリ、その思いが強まりそう。

12月22日（土）

今日もまったりとしたふたりだけの土曜。

プリンスは今日も素晴らしい食欲で無心に食べ、終わると満足そうに自分のキッチンへ立つ。今日も、「ん！」と自分の隣の床を指差しているので、隣に座ってパリの本を読む。

読んでいるうちにまたもや鼻息が荒くなり、キッチンの棚を整理した。サロンに置きっ放しになっている美しいものたちも自宅に持ってこよう。ホウロウのキャニスターもまた使おうかな。汚い布巾《ふきん》を雑巾《ぞうきん》にして、新しいリネンをおろした。このあたり、完全にパリ本の影響ね。

夕方、夫が帰宅。

一緒に新しいベッドカバーも届いた。

注文したのを忘れていた。輸入するのに2週間ほどかかるとあったけど、思っていたより早くきてうれしい。

派手なフラミンゴの柄。ハワイテイスト。

12月23日（日）

来年のパリ、夫に「抱っこ紐《ひも》」をつけてもらうことになるかもしれないので、昔買った「エルゴベビー」を引っ張り出す。これ、私は一度も使わなかった。性に合わなくて。プリンスも嫌がったし、すぐにバギーになったので、これをつけて出かけなくてはいけない機会がなかった。

夫につけてもらってプリンスも乗せたら、結構おさまりがいい。「あ、いいね、全然動けるよ」とか夫も言っている。つけたまま、ゴルフの素振りなんかして。

12月24日（月）

今日は、クリスマスイブ。家族のみでゆっくりと過ごす。

夕方からチキンを焼いて野菜を蒸し、ちらし寿司とシチューのポットパイを買いに行って、予約していたクリスマスケーキを受けとる。それから大人用のおつまみをちょっと作って、あとは生ハムやチーズなど。

今年のケーキはチョコレートケーキにした。プリンスにひとり用のイチゴのケーキも買う。昔よりひとり用のケーキが増えたなと思う。ホールのケーキも予約しなくても当日で買えるそうだし。

「昔、イブの日のホテルが満席で取れないっていう時代があったの、信じられないね」と彼。私は正確にはその時代を体験していないけど、時代とともに流行や常識が変わる様子はすごいものだと思う。いっときの流行がすぎてからそれを振り返ると……「バカみたいだよね（笑）」と話す。

大量のお料理をゆっくりと食べる。

12月25日（火）

きのうは飲みすぎた。

シャンパンを次々と開けてしまい、私はワインまでたどり着かず。

片付けをしながら、様々なことを考える。

生きていると、人との関わりから発生する様々な作業がある。たとえばクリスマスカードや年賀状を出すのもそのひとつ。お中元やお歳暮、季節の挨拶、御礼やお悔やみやお祝いの品のやりとりなど。

それを面倒と思うか、そういうことこそ文化であり人生であって楽しいと思うかは自由だけど、結婚すると、その手のことが急に増える。お礼状のやりとりなんてもう……ね。

私は彼の理解もあって、そのあたりのことをかなり省かせていただいているけれど、それこそが奥さんに求められていることであり、そういうことが絶対的に必要な一族とか人と結婚しなくて本当によかったと思う。私には向かない。

「そりゃあ、そうだよ、帆帆ちゃんは芸術家肌なんだから。帆帆ちゃんにそういうことははじめから望んでいないし（笑）」

と夫。

それでも比較する対象を変えれば、こんな私でもきちんとやっているほうかもしれない。もう……そのあたりはわからないよね。

でも、そういう種類の作業が義務としては発生していなくて本当によかったと思う。誰かの束縛なく動けること、これが私たちにとってはなによりも大事。

今日は大人のクリスマスということで、以前から行きたかった夫の知人のお寿司屋さんに行く。「松乃鮨本店」。

心に残ったのは「のどぐろ」の握り（脂がしっかりのっている）、いくらやうになどの軍艦巻きの海苔（炙《あぶ》られてパリパリだった）、そして最後のトロたく。

板前のTさんは、大晦日のメイウェザーの試合に出張でお寿司を握るように頼まれているらしいけれど、「クリスマスも大晦日も家に帰れないから奥さんが怒ってます」と言っていた。

そりゃあそうでしょう、お子さんが1歳にもなっていない一番大変なときだし……。でもあの頃って、夫がいないならいないで気楽なんだよね。帰ってきて、やっと寝た子供を起こされたりするのが一番嫌だったし。

メイウェザーの価値を知らない私は、どうしてそんなものを引き受けるのだろうと思ったけど、男性陣は「そりゃあ、行くよね、仕方ないよ」なんて言ってる。

夫「どれくらいすごいかと言うと、タイガー・ウッズが帆帆ちゃんの本を読んでいて、日本で行われるトーナメントに招待されたような感じよ」

私「わぁ、それは絶対に行かなくちゃ」

夫「でしょ？（笑）」

お寿司を食べてから、今年もコバケンさんが指揮をする第九を聴きに行く。

第九を聴くと、「天国への昇華、歓喜の声、未来への展望、この世の素晴らしさ」などの言葉が浮かぶ。

12月26日（水）

朝、プリンスにご飯を食べさせていたらドアチャイムが鳴った。え？　こんな午前中になに？と思ったら、夫が「あ！」とものすごく大きな声を出して、いそいそ玄関に向かった。そして戻ってきておもむろに、「ちょっと向こうに行ってて」とリビングを追い出される。

プリンスと別の部屋に移動し、「もういいよーー」という叫び声で戻ってみたら、70インチの４Kテレビが設置されていた。

ビックリ。大きい！

実は、私はリビングにテレビは置きたくなかったので（寝室に大きなのがあったから）、これまでは、プリンス用の48インチのテレビとビデオを隅のほうに置いていたんだけど、夫はやっぱり置きたいんだって。まぁ、いいか。

クリスマスが終わると急に年末の気持ちになるから不思議。町中がそのエネルギーになるからだよね。日曜になると、不思議と近くのカフェに出かけたくなるのと同じ。

今日から大掃除をしようと思う。まずは、３メートル近くあるクリスマスツリーをしまう。解体して、段ボール箱にギュウギュウ詰めるところまで一気にやり、あとは彼に頼む。

それから寝室の家具の上や下の埃《ほこり》を取る。

お風呂場のドアを磨く。明日は窓ガラスを拭いてベランダを掃除したい。オフィスも掃除したいところがたくさん。

夕方、部屋から燃えるような夕焼けを見た。

12月27日（木）
ママさんとふたりでデパートへ。用事をすませてお茶をする。
家族のこと、弟夫婦のこと、プリンスのこと、来年のこと、5年後くらいの予定など話す。

12月29日（土）

ラインが音信不通だった友達とウェスティンで朝食。

「何時にする?」のラインに「朝は6時から空いてる」と返ってきたので笑った。子供がいる人の会話ね。8時半にウェスティンの「テラス」で。

子供を思う親の気持ちというのはすごいなあ、と思った。「愛」という言葉が自然と浮かぶよね。愛って、見返りを求めないことだと思う。

戻って、さぁ、大掃除の続き。

12月30日（日）
穏やかな年末。大掃除の仕上げをする。無事に届いた大量のお正月の食材を冷蔵庫に入れる。夜、「今年やったこと」を書き出したらずいぶんいろいろあった。夫は私の3倍くらい書いている。そんな小さなことまで……あなた、ポジティブねぇ、と思う。

12月31日（月）

なんだかパッとしない大晦日だ。うちには誰も田舎がないので帰省するという感覚はないし、今年は弟夫婦がロシアに行っているからも、ある。

でも私は日本の大晦日のこの雰囲気が大好き。

昼間から夫とシャンパンを開けた。今日はエンドレスにテレビを見よう、と思うと、幸せ。

2019年1月1日（火）

あけましておめでとう。

今年はいつにも増して新年らしさが薄らいでいる。弟夫婦がロシアに行っているからもあるし、実家の人が風邪を引いているせいもあって、人の出入りが少ないから。

そんなわけで今年は夫とプリンスと家族3人で、お節を囲む。

今年用意したものは、黒豆、数の子、松前漬け、お煮しめ、かまぼこ、伊達巻、なます、黒豚、いくら、カニなど。「今年の抱負でも語ろうか」とか言いつつ、どうもエンジンのかからない私たち。プリンスは興奮しながら、伊達巻をムシャムシャと食べている。

午後、休憩。彼は年賀状の出し忘れた人にお返事を書いていた。

午後、私の好きな「いつものあそこ」へ、去年のうちに予約していたお札をお受け取りに行く。初詣のすごい行列。

夕食はすき焼き。


夜、今年やりたいこと100個を書き始める。

ひと通り書き出してからざっと見ると、毎日コツコツやる小さなことがたくさん書かれている。健康にまつわることも多い。そうね、今年は健康についても意識したい。この10日ほども、あまり体調がよくなかった。グルテンをとりすぎだからだと思う。すぐに眠くなることが多かったし。そして、小さなことにイライラするのはやめよう、と誓った。

出せるところまで書き終わり、さっそく、今年やりたい100個のうちのひとつ、息子を毎晩9時までに寝かせる、というのを実践。絵本を3冊読んで、今日はすぐに寝てくれた。

急に、新しい本で書きたいことが浮かんだ。これが今日一番よかったこと。

1月2日（水）

きのうの夜、新年に感じるこのワクワクした気持ちをどうやったら毎日維持できるかを考えてみた。私の今の希望について、「もし明日にでもそうなるとしたら……」と想像すると、このワクワクが維持できそうな気がする。

うん、これはいい。いつもそれを頭に置こう。明日にでもああなる……そう思うと、目の前のこの作業も全部それにつながっていると思える。

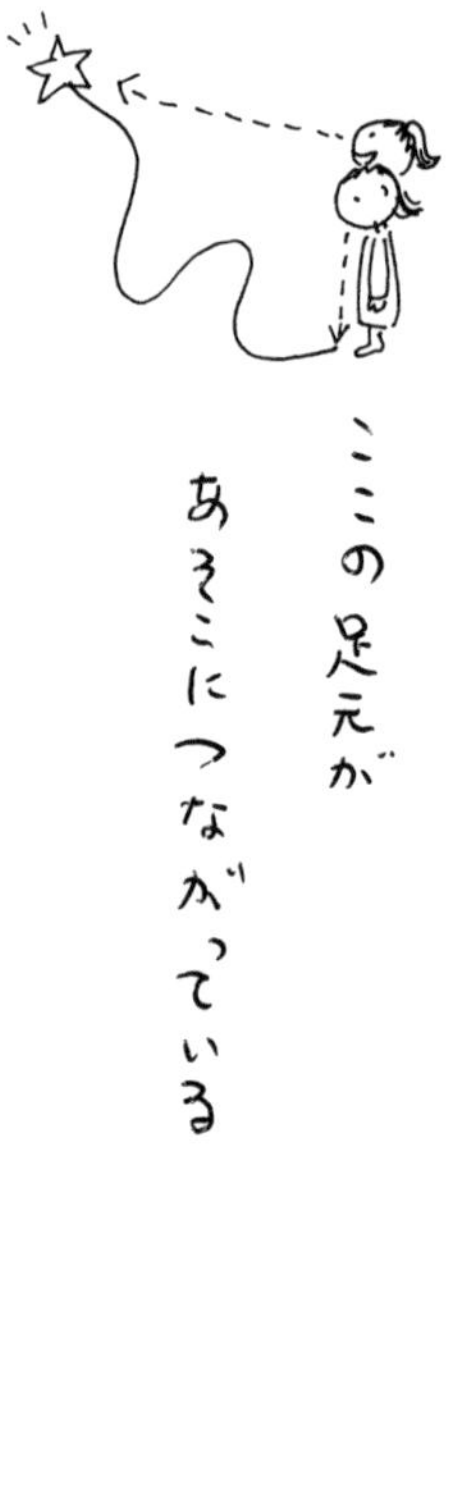

1月5日(土)

昨日の夜は鼻が両方とも詰まって息ができず、何度も目が覚めた。プリンスも寝苦しそう。朝起きたら、喉まで痛い。

1月6日(日)

家族3人とも風邪を引いていたきのうだった。

きのうの夕方、昼寝をしたら少し回復したけれど、夜はデリバリーにしてもらった。トンカツ定食。

夜、プリンスが寝てから仕事。

新年なので、1年ぶりに同級生に連絡したら、いつのまにか3人目の子供が生まれていた。生まれて5ヶ月、もう仕事に復帰したんだって。外資系証券会社で人生をパワフルに進める彼女……私もやる気が出るというものだ。

このあいだ書き始めた「今年やること100個」を眺めて、少し書き足した。

『あなたは絶対！運がいい』の英語版（電子書籍ではなくて紙のほう）ができてきた。先月、京都の英語の先生が、教え子たちがみんな私の本を読んでいるとかで、「その英語版があれば教材に使いたい」と私の事務所に連絡してくださったそうなので、さっそく送りたい。

そうそう英語と言えば、生まれてすぐの頃から聞かせていたせいか、プリンスは今、日本語より英語のほうに反応する。生まれてすぐの頃に聞かせていたディズニーのワールドイングリッシュを見せてみたら大喜び。踊りまくっている。

よれっとした部屋着で家にこもっている幸せな今日。

宅配便が来たので夫に出てもらった。

帆「え？　その格好で出たの？」

パジャマにマフラーを巻きつけている。

夫「そ、韓流でしょ？」

とか言ってる。

1月7日（月）

さあ、世の中が始動した。たっぷり休んだので、やる気満々。
去年1年で、プリンスをめぐる生活リズムがだいたい見えたので、今年はそれをもっとルーティン化したい。

最近思うことは、やるべきことをやらないで、最後のうまくいく部分だけを受け取ろうとする人が意外と世の中には多いんだな、ということ。

私はほんわりと、なんとなくうまくいったように思われることがたまにあるんだけど、結構、やるべきことはやっているんだな、ということに最近気づいた。もっと目に見えてガシガシとやっている人もたくさんいるので、私なんて全然と思っていたけど、それなりにやっているんだ、とわかったのだ。

たとえば、私はなんとか楽をしようと毎日考えているけど（笑）、それに向けての準備や構築はものすごくしっかりやる。

今日それを思いついて、来週からそれができるはずはないし、なんとなくそうなるわけでもない。自分の楽しいことができる環境にするために、日々、地味な作業を積み重ねていることもたくさんある。船の舳先を少しずつ変えていく作業だ。

でも、それは当然のことだろうと思っているから特に「努力」と感じたこともないし、それをあえて人に話したこともなく……だからそれを外から見ると、なんとなく自然にその環境が整ったかのように見えるのかもしれない。

同じような感覚でまわりにいる「うまくいっている人」は、蓋《ふた》を開ければ、みんなやることをやっている。驚くほど地味な小さなことを手抜きせずに積み重ねているし、うまくやろうとか美味しいところをとるとか、目先の利益のためなどに動いていない。ちゃんとやらなくちゃダメだよね、ということ。

ちゃんとやれば、絶対にそうなるよ、ということ。

1月8日（火）

最近のプリンス、「それは違う、いやいや」という意思表示をするときに「ノンノン」と言う。去年、英語ばかり聞かせていたためか……。そして、アポー（りんご）に引き続き、「バター」も上手に言えることが判明。

「バターって英語と同じだからじゃない？」

とママさん。

午前中、プリンスとたっぷり遊び、午後からAMIRIの打ち合わせへ。

今、天然石の指輪を作っている。今回は４つ。

鼻をズルズルさせながら、次は伊勢丹へ。京都の友人の家に第一子が誕生したので、お祝いの洋服を選ぶ。紺のニットセーターとコットンパンツ２本、ストライプのロンパース。

夕食は、サーモンのクリームソース、筑前煮、チョレギサラダ、じゃがいもとキャベツの味噌汁を作る。

1月10日（木）

まだ新年が始まって10日かぁ、遅いなあ。

「引き寄せを体験する学校」の生徒さんが、年末に「今年の年末は、１年があっという間だったといういつもの感覚とはちょっと違って、たしかに早いのだけどじっくり味わえた」みたいなことが書いてあったけど、それわかる。

毎日充実してズンズン進んでいると、「あれ？ このあいだのアレからまだ１週間しか経っていないのか」というような時間の伸縮が起こる。

新年になって10日しか経っていないなんて、すごくうれしい。

さて、今日プリンスと出かけたときのこと、車から降りるときに寝ていたけれど靴を履かせ、そのまま抱っこして目的地まで歩いた。着いたら「靴、片方ないですよ？」と言われ、途中で落としたことが判明。そのままプリンスを抱えて駐車場まで戻ったけれど、途中の道にはなかった。

子供の靴が片方落ちていても、持っていったりしないと思うけどなぁ、と思いながら、重いプリンスを抱えて寒い道を往復する。あぁ、さっき車を降りるときに、一瞬「履かせないほうがいいかな」と思ったんだよね……とか思いながら。

で、用事が終わった帰りにもう一度そこを通ったら見つかった。道の横の植え込みのヘリにちょこんとのっていた。誰かがのせてくれたのだろう。

月末からのフランスにこの靴を持って行くのはやめよう。少し大きいし、ちょうどいいサイズのものをもうひとつ買おう。

というわけで朝から体力を消耗しつつ、用事が終わってから知り合いのお店で洋服の買い物をする。ここは今の私にとって癒しの空間。

先に来ていたお客様にプリンスと同じ年齢のお孫さんがいるらしく、ずいぶん遊んでもらったプリンス。

「うちも、娘（と孫が）なんだかんだ毎日来てるわよ、夕食はほぼ一緒ね」

とかいうのを聞いてホッとする。私はママさんに頼りすぎているかと思っていたから。

1月11日（金）

今年は毎日ひとつ種蒔きをすると決めたので、今日も思いつく種蒔きをする。

「引き寄せを体験する学校」の会議。そこで、ある「アプリ」を紹介された。それは、私が新刊について考えていたことと重なる内容のアプリだった。

会議が終わってさっそく試してみたら、使い方によっては個人情報が漏れていく可能性がありそうでモヤッとしたので、様子を見ることにする。そのアプリについてネットで調べてみたら、そこに別のソフトの名前が出てきたのでそっちのほうがよさそう……と思っていたら玄関のベルが鳴って、アマゾンから本が届いた。数日前に私が注文した本。パラパラと開いてみたら、たまたまそこにそのソフトのことが書いてあった。これはパソコンソフトに関係ある本ではないのにね。さっそくそのソフトを試してみたら、いい感じなので使うことにした。

こんなふうに、いろんなことが次々とつながってスムーズに答えまでたどり着くときは、はじめにそれを思いついたときの感覚が自然で、「なんの脈絡もなくふと思いつく」という形であることが多い。

今回も、新刊についてふと思ったことだった。そのときしていたこととはなんの関係もなく突然。こんなふうな思いつき方は、直感、インスピレーションだ。だから急いで内容をメモした。

そしてアマゾンから届いたこの本、これもまた数日前にふと思いついてネットで注文したものだった。いつもなら、あることを思いついても実際に買うところまで時間がかかったりするけど、「今年は毎日種蒔き」と決めたので行動が早かったのだ。

そういうことのすべてがうまく絡み合っていると思う。


午後も引き続き、仕事。

鼻風邪はまだ治らない。喉もうっすら痛い。

1月12日（土）

今日は今年初の「ホホトモサロン」だ。

モスグリーンのスエードのジャケットを着ることにした。これを着るのは10年ぶりくらい。

今日の参加者は、はじめは静かで特に質問されることもなく進んだ。ホホトモ歴の長い人たちが3人いて、

「昔はみんな帆帆子さんに聞きたいことがたくさんあって悩みを相談するという形が多かったけれど、最近はそうではなくなってきましたよね」

とおっしゃっていたけれど、本当にそう。答えはすでに自分の中にあるので、それを超え

たところにある普通の会話、女子会のような会話ができるようになった。私もホトモサロンを「特別なイベント」という捉え方をしなくなった。これはいい傾向。普段と同じような、友達と話すような感覚で臨みたい。構えず、自然体でこそ、ハッと向き合えるなにかがある。

以前、独自の面白い妄想の中に生きていることを打ち明けてくださった方が、また参加してくださった。その妄想は、昨年はじめて聞いたときは、事実と勘違いするほどリアルで、私もかなりあとまで聞いてから「え？　この話、もしかして妄想なの？」とようやく気づくほどだった。なによりも、本人がそれを妄想と思っていなくて、現在進行形として話しているからリアルな話と思わせたのだろう。

まわりの人を笑いの渦に巻き込む独特の雰囲気のある方なので、思わず面白い話として聞いてしまったけれど、決してバカにしているわけではなく、そのままでいいと思う。と言うか、これは間違いなく妄想なのだけど、私たちがしている未来へのイメージだって、はじめは妄想だ。ひとりの勝手な妄想。だって、そうなる可能性がすごくあるわけではないのに、いずれ本当にそうなると思ってイメージするのだから。彼女の場合、その対象が、ちょっとユニークなだけで、やっていることは同じようなものだ。

なによりも、本人がその妄想の中に生きていて幸せそうなところがいい。これも、「未来のワクワクしたことをイメージして幸せな気持ちになる」というのと同じだ。妄想万歳！

それから、「HSP」という言葉を聞いた。Highly Sensitive Person の略らしく、字の通り、敏感で異常に感じやすい人のこと。日常生活で「生きづらい」と感じることが多いらしい。

「大変な人もいるんだなあ、と思って読んでみたら、まさに私が当てはまっていたんです」

だそうだ。

「え？　帆帆子さん、この言葉知らないですか？　今いろんなところで聞くし、本もたくさん出てます」

と言っていたけど、別の人は、

「私も同じくらい頻繁に本屋に行くし、健康関係の仕事をしているけれど、知らない」

と言っていた（笑）。

「ＨＳＰ」のその方も、去年からその思い込みの枠を少しずつ取っているらしい。「いきなり変われるわけがないので、薄皮を剥ぐように少しずつ思い込みを外しているところです」

という表現がよかった。

そう、思い込みって、長い年月をかけてまわりの人（はじめは親）から刷り込まれてきたものが多いから、それが思い込みであること自体に気づかなかったりする。他の人も同じように考えているだろうと思って。だから、それに気づいただけでもかなり外れていると思う。あとはそれに伴う行動をすることだよね。頭ではなく行動が伴うと、腑《ふ》に落ちやすい。

家に帰った頃から、頭が痛くなる。喉も。

急いで葛根湯《かっこんとう》を飲む。

1月13日（日）

朝起きたら喉が痛かった。乾燥のせいよね。

でも加湿器は「常に機械の中を綺麗にしておかないと、中に繁殖している菌が使うたびに空中に撒き散らされている」と聞いてから苦手になったので、濡れたタオルでも置いておこうかな……。

今日は夫はゴルフ。私は休養の一日。

サービス業において融通の利かない人って……結局、頭が悪いのだと思う。

その場の状況を読む力がない、ということ。相手が何を欲しているか、このお客はどんな状況なのかを、サービスのマニュアルではなく全体のバランスの中で考えられないと。たとえば、「これは本来のマニュアルには少し反するけれど、相手が貢献してくれているバランスを考えて、少しは融通を利かそう」ということができない人は、サービス業に向かないよね。

そんなことを考えていたら、プリンスに「マーマ」と可愛く呼ばれて、現実に引き戻された。最近、私が携帯やパソコンに集中してプリンスのほうを見ていないと、おもむろにやってきて携帯を取り上げたり、パタンとパソコンの蓋を閉じたりする。

午後、パンを山のように買ってママさんが来た。私は3時間ほど集中して仕事。

夜ご飯はカレーにする。夫は辛いのが好きなので、辛～く。それとたっぷりのサラダとワカメのスープ。

実家では、カレーは夕食のメニューではなかった。子供がお昼に食べるもので、たぶん、父は「カレーは前菜」くらいに思っていただろう。そういうことひとつとっても、昔のお母さんは大変だと思う。今でよかった。

1月14日（月）

成人の日。

今日もきのうに引き続き、まったりしたい。夫も出かける予定なし。

朝食は冷蔵庫の中を片付けながらゆっくり作る。

プリンスと遊びながらパリの本を読む。

今回の旅の目的は私たち夫婦の買い物。私たちは入籍してすぐにプリンスが生まれたので、新居の生活を整える買い物、というようなお楽しみがなかった。遅まきながら、それをする予定。

地図に印をつけながら、行きたいお店をじっくりと検討する。


その人の生き方そのものが作品だな、と今思った。

夜はハンバーグ、チョレギサラダ、胡麻豆腐、鯖とキャベツと人参のお味噌汁。最近、チョレギサラダにはまっている。すごく美味しいドレッシングの作り方を知ったので。

1月15日（火）

夢の中にある男性が出てきた。

それがきっかけで、去年からやろうと思っていたあることを思い出したのでさっそくメールする。今日の種蒔きはそれ！


今月末にある講演会の打ち合わせで青山のレストラン。

私の対談相手である村松大輔さんが準備した、当日話す予定の資料やスライドに奥様が絶妙にツッコミを入れるのが最高だった。

前回お会いしたときも思ったけど、この奥様は頭がいいなと思う。奥様だからこそ、言えること。

「帆帆子さんって、難しいことをわかりやすく日常のことに落とし込んで話すのが本当に上手ですよね。聞いてはじめて、そうそう、私の言いたいことってそういうこと、と思うんだけど、それをはじめから言うことはできない」

なんて言われて、恐縮する。

それ、このあいだ市原悦子さんの昔の映像を見ていて私が思ったことと同じだ。対談講演、８００名満席となっているそうだし、すごく楽しみ。


これまでのことを振り返っても思うけど、私ははっきり言って「人」に興味がないんだなと思った。と言うと誤解が多いけれど……人のやっている世界にあまり興味がない、興味が薄い、ということ。

ものすごく親しい友人は別にして、「知っている人がやっているから」という理由で、たとえばなにかの展示会やセミナー、お教室的なことに参加したいと思わない。もしそれに興味があったら、その人を知っていても知らなくても行く。興味がないのにお付き合いで行かなくてはいけないことほど、つらいことはない。

同じ理由で、だから私は自分の講演会に友人や知人を誘ったりお知らせしたりしたことはない。相手の立場になってみたら、知っている人にそんなものに誘われたら困ると思うからだ。絶対に興味のないものだってあるはずなのに、知人、友人だからという理由で行かなくちゃならないと思う、そういうのが嫌。ただのお知らせとして言われたことでも、誘われた以上断りにくいだろうし、毎回断るわけにもいかない、という気持ちが発生するはず。そんなお付き合いではなく、本当に興味のある人に来て欲しい。

プリンスが生まれてますます時間が貴重になった今、外出時間はたった2時間でも貴重なので出かけるものは厳選したい。

人の世界をのぞく暇があったら、自分の世界を追求しなくちゃ。本当にそれが好きかどうかを、いつも自分の心に問いたい。そしてその感覚にもっと忠実になりたい。

1月16日（水）

今日から夫が出張で中国の福建省へ。

到着してすぐのラインに「着いた。機内は9割が中国人で……すごかった」とあった。ビジネスクラスの人たちも、大きな音でゲップをしたりするらしい……。

「が・ん・ば・れ」と返信。

さて、夫がいないあいだに家の片付けをゆっくりしようと思っていたのに、朝からダラダラしている。体に力が入らない。

「引き寄せを体験する学校」のサイトに載っているコメントを読んだら少し元気になった。この学校、今では完全に私の元気の源《みなもと》のひとつになっている。生徒さんのものの考え方、人生に起きたこととその展開を一緒に体験している気持ち。

夕方、友達がオフィスのサロンに遊びに来た。

そこのインテリアの中で、私が気に入っているところをドンピシャで褒めてくれた彼女……ファッションの仕事をしているのだけど、やっぱり感性が合うんだね。マーブルでできた小皿をいただく。洗面所にぴったり。

そのあと一緒に食事に行き、別の友人たちと一緒に誕生日のお祝いをしてもらった。

1月17日（木）

私って、かなり仕事人間なんだな、と思う。

仕事のことを考えていると楽しい。

仕事をしていると、家族のことがますます愛しく思える。

……なにこの思い方、男じゃん。

喉の痛みと咳がまだ治らない。きのう、出版社から送られてきた本をパラパラと開いたら、そこに天使の話が出てきたので、お願いをした。「天使さん、来週の講演会までに、この喉を完全に治してください」と。

稀勢の里寛《ゆたか》が引退した。横綱になって3年くらい？　短いよね……。ある意味、とても印象に残る横綱だった。

1月18日（金）

今朝、「今日から挽回、回復する」とひらめいて目が覚めた。またこの時間帯だ。

これは喉のことだな、とすぐに思ったので、医者に行こうと近所の耳鼻科を探す。よさそうと思った近くの耳鼻科へ行ってみたら、話の早い柔軟な先生でとてもよかった。

私は昔、喉の炎症を悪化させて本当に声が出なくなってしまったことがあった。あれは苦しかった。

今思うと、あの時期に講演会がなかったことは不幸中の幸いだったな。あれだけは絶対に避けたいので、そのことを話して薬をいただく。

帰り、近くを散歩した。

ひとりでこんな朝早い時間から出かけるのは久しぶり。うちの近くはファッション街なので、この時間、まだ街は眠ってる。

この時間から空いているいつもの薬局に行ったら、見たことのない薬剤師さんで、彼女が私の知人とそっくりだった。あまりに似ているので何度もチラ見したほど。終わったらその知人からラインがきたので、「今ね、薬局でね～」と報告する。その流れで「はちみつ大根」という、喉（咳）に即効性のある食べ物？を教えてもらった。あ、大根、ちょうど今1本ある。

プリンスに豆乳のドーナツを買って、「はちみつ大根」を作るためにいそいそと帰ったら、はちみつがなかった。はちみつってよくもらうからいつも余っているのに、こんなときに限って「はちみつバター」とか、「はちみつジャム」とかしかない。はちみつゆず風味とか……。

1月19日（土）

今日は今月2回目のホホトモサロンだ。白いジャケットとパンツにした。そして先週に引き続き、パールをジャラジャラと巻く。最近私はパールブーム。パールはいつも好きだけど、今は特に。

でも写真に撮ると、そんなにジャラジャラ感が出ていない。写真でジャラジャラ感が出ているのって、実際は相当ジャラジャラしていると思う。

今日は、神社のこと、結婚のこと、家族の就職のこと、仕事場での人間関係など、話が多岐にわたり、みんなが等分に話して盛り上がった。

自分の考え方の癖を知っていると、次に同じことが起こったときに便利だ。たとえばいつもすぐになにかを心配したり不安になったりする人は、新たな不安を思いついたときに、「ああ、前回も私はあれについて同じように不安になったけど、進んでみたらそれほどでもなかった、だから今回もそこまでじゃないだろう」

とわかる。

私にも同じように、思い当たる考え方の癖があるから、次から同じようなシチュエーションになったらすぐにそれを思い出そう、と思う。

参加者のひとりに「はちみつ」をいただいた。

その人がはちみつの話を始めただけでも「そうだ、帰りに買うんだった、よかった、思い出させてくれて」と思っていたのに、「……で、そのはちみつを帆帆子さんに持ってきたんです」と言われたときは驚いた。

しかも普通のはちみつじゃなくて、濃度の高い「マヌカハニー」!! これぞ、求めていたもの！

その人は、今朝それが届いて、なんとなく私に持って行ったほうがいいんだなと思ったんだって。へ〜。ありがたい。


終わってから、今日はウーちゃんとチーちゃんと夫と私の母と、うちで新年会をするので、みんなが集まる。

この1ヶ月ほどのあいだに、チーちゃんが人生の半分以上を捧げたことの集大成のような出来事があったので、その話をじっくり聞いた。

感想としては、表から見えることは真実の半分にも満たないな、ということ。人の状況は、本当にわからない。

それから、私の「秘密の宝箱」計画の話になる。これは、私がいつかやりたいな、と思っている未来の楽しい計画。

その一部として、海外で買い付けをする話があって、もし私がするとしたらどんな形になるか……という想像の話。

「夏しかオープンしないお店、あるじゃない？ ああいうふうになるんじゃない？」

「オーナーはいつも買い付けと称して海外に行っているような？」

帆「好きなものへのこだわりが強いと、買っても大事だから売りたくなくなる気がするんだよね、それが問題」

「全然売ってくれない店ね」

「買い付けしかしない店っていうの、どう？（笑）」

みんな勝手にいろんなこと言って……。プリンスはみんなをジーッと見つめながら、モリモリと自分の食事をして、コトンと寝た。

最後に私の誕生日もお祝いしてくれた。キルフェボンの期間限定イチゴのケーキ。イチゴが逆さまにズブズブと刺さっている。抜いてみると、一粒がものすごく大きかった。ココナッツパウダーのかかった甘くないクリームにたっぷりのイチゴ。私の一番好きなタイプのケーキ。


夜、さっそくはちみつ大根を作る。大根をさいの目にしてはちみつに浸す。1時間ほどで大根エキスが出てはちみつがサラサラになるらしい。

1時間待ったら本当にサラサラになった。マヌカハニーは普通のはちみつよりドロッとしているのに、まったくサラサラ。これを喉に塗りたくるように飲む。

1月20日（日）

はちみつ大根、すごくいいような気がする。すでに治った感あり。

今、自宅のインテリアを整えているところ。ここに引越して8ヶ月、だんだんとなじんできた。ここは眺めも抜けていていいし、景色が遠く気持ちがいい。

私たちは家にいるのが好きなんだな、と思う。

「どこか行こうかぁ」

「そうだねぇ」

と繰り返しながら家にいるのが幸せ。今日はプリンスの起きてくるのが遅かったので、ブランチを近くのカフェからテイクアウトにした。

1月21日（月）

来週のパリに向かって、ようやく準備にエンジンがかかってきた。とにかく冬なので、プリンスの荷物が多い、多すぎる。私たちは最小限にしようと思うけれど、パリと思うとつい多くなる。

いないあいだの共同通信とまぐまぐの連載を2週分、書いた。


プリンスには、最近「お得意の顔」というのがある。

わざと目をうつろにして、フーッと頭を揺らすあれはなんなんだろう。そしてそのあと、えへへへへへへへと笑う。

はちみつ大根のおかげで、喉がほぼ治った。
今回の「はちみつの引き寄せ」は早かったな。天使に？祈った次の日にはちみつ大根の情報がきて、その次の日にはちみつがきたもんね。

　祈りの力ってある。それは、いつも私がしている「宇宙にオーダーする」ということと形としては同じなんだけど、感覚としては、より「ありがたいものの力をお借りしたい」とお願いする感じだったな。

　前に、「天使とか神様とか、妖精とか？その種のものが助けてくれるようになるには、助けてもいいよ（どうぞお願いします）、と許可を出す必要がある」ということを読んだことがある。勝手に助けるようなことはしないらしい。そうね、この世は自分の自由意志だからね。助けて欲しくない人を助けたら、おせっかいですもの……おせっかいな天使、笑える。

半目にして
右見て
左見て
^^^^^...
「今の見た？」
という感じ

1月23日（水）

私のオリジナルキャラクター「ダイジョーブタ」が、ついに本以外の世界でキャラクターデビューすることになった。

その会社が千駄ヶ谷から原宿エリアにあったので、打ち合わせが終わってから裏通りをウロウロ。なんかこのあたり、ずいぶん拓けた。オリンピックがあることも大きいよね。もともとの原宿が延長されて、大人の要素も含んでどんどん進化。

素敵なサンドイッチ屋さんがあったので、テイクアウトにしてもらう。

プリンスにパリで着せる、冬用のモコモコつなぎ（スキーウェアのような）がやっと見つかった。青とか黒とか、または白や赤など原色ばかりでなかなか私好みのものがなかったのだけど、やっと見つけた。光沢のあるベージュ。そのフードにママさんがファーをつけてくれたのでさらに暖かくなったはず。

それから帽子も2種類。ひとつは毛糸、もうひとつはフェルトで作ったとんがり帽子。

夕暮れ時、今日は光がとても綺麗。

プリンスが隠れて「いないいないバー」をしているカーテンの向こう側、遠くの建物のかたまりも光って見える。

1月27日（日）

この1週間はあっという間だった。パリの準備をしているうちに、いろんなことがワサワサと通りすぎた。

今日は村松大輔さんとの対談講演。笹川記念ホールへ行く。

はじめにクリスタルボウルの演奏があった。心が落ち着く。

男性的な視点の村松さんと、女性の私の視点が、よく嚙み合ったと思う。

世の中にはいろんな感性の人がいるので、違う感性の人同士が同じことを説明すると、どこかに納得するひっかかりのようなものが生まれるよね。

最も印象的だったのは、「その人が思いついたことは、その人が実現可能だから思いついている」ということ。これは「頑張れば実現できる」というレベルの話ではなく、「それを実現している未来があるから思いついている」ということ。未来でそれを実現している自分が、今の自分に意識を送っているから思いつく、という感じ。

思いついたそれについてワクワクし続ければ、その振動数と同じことが、その人の最小単位「ゼロポイントフィールド（私たちを分子、原子、さらに細かく分けた最小単位である無の世界）」で生まれ、その振動に応じたことが必ず目の前に現れる。これは量子物理学の世界では常識らしい。

はじめに感じたワクワクの振動数とずれた意識、感情になってしまうと、実現するのに時間がかかる。

このゼロポイントフィールドの仕組みを方程式で表現しようとした代表的な科学者がアインシュタインで、彼の言葉がこれ。

「物理的に、世の中の自然界すべての法則をひとつの方程式にまとめるのは、神の心を読むことと同じだ」

自分が思ったこと（振動数）がすべて創造される、ということ。つまり私たちひとりひとりに神の機能があり、私たちは神様の分身であり、神そのもの、ということだ。

深い……。引き寄せの法則とは、つまり神様のことだからね……。自分が望むものだけに純粋に意識を向け（その時点でゼロポイントフィールドにその振動が生まれ）、それを心から信じていれば、「光あれ」と言われたあとにこの世に光が生まれたように、目の前にそれは現れるのだと思う。

ああ、楽しかった。講演会後のこの充実感、大好き。

1月28日（月）

朝8時にママさんを迎えに行き、羽田へ。

早めにラウンジに入り、私と夫はパソコンを開いて仕事。プリンスはママさんと好きな食べ物をアムアムと食べている。鮭と卵焼きと白いご飯。

（今日からママさんのことを、プリンスと一緒のときは「オーママ」とここでは書くことに

する、ママさんだと私と間違えてまぎらわしいので）

　時間がきたので機内へ。ベビーカー「YOYO」は、上の荷物置きに入るほど小さくたためるのでとても便利。というか、このためにこのベビーカーにしたんだよね。

　よっこらしょと私たちの席におさまる。さっそく窓の外をのぞくプリンス。体はぽってりと温かく、離陸のときには寝てくれた。

　私は楽しみにしていた『ボヘミアン・ラプソディ』を観る。このあいだの会食でみんなに勧められたので。

　意外とよかった。不覚にも、最後のコンサートのシーンでは泣いてしまったほど。私はこの手のタイプの映画はまったく興味ないと思っていたけれど（実際、これを何回も観にいこうとは思わないけれど）、世界を魅了するアーティストというのはこういうことなんだな、と思った。自分の中に影があり、それを表現するからこそ、そこに共感した多くの大衆を惹きつけることができる。そこには、それと同じ状況を抱えていた人からの「よくぞやってくれた、私も同じようにつらかった」という共感もあるだろうし、それとはまったく違う生活をしている人からの賞賛もあるだろう。

　影があるからこそ、あれだけのたくさんの人を魅了することができる……つまり、その影は光だったね、と思う。

　映画の途中に食事が始まったけど、プリンスのメニュー……微妙。野菜やポテトを柔らかくペースト状にしたものと、子供用スナック、ヨーグルトなど。あとでフルーツでも頼もう。

続けて『クレイジー・リッチ！』を観る。私の好きな映画はこういう映画。

プリンスはまったく騒がず、離陸時と夕食後からしっかりと眠り、起きているあいだは私の膝の上からまわりに愛敬をふりまいて、頼んだフルーツや麺類をモグモグと食べていた。

それでも、2歳以下の子供と一緒だと、機内でパソコンを開いて仕事なんてとてもとても無理ということがよくわかった。本も読めない。

子供用の機内のおもちゃがきた。ＪＡＬの機体のぬいぐるみを選ぶ。これ、好き。

それからＪＡＬの飛行機の模型も。

「あら、引き寄せたわ」とオーママ。「さっき、今回の記念に、プリンスに飛行機の模型でも買おうかなと思ってたの。去年のハワイは覚えてないかもしれないけど、今ならもう覚えてるでしょ？」


13時間飛んで、着いた。パリ、シャルル・ド・ゴール空港。

入館審査は非常にあっさり、荷物もあっさりときて、外に出る。

今回はじめて、空港からもウーバーを使う予定。

空港の場合は迎えに来てくれる場所まで移動してからアプリを開く。大人3名、幼児1名に、トランクが大4つとバギーなので、大型のハイヤーだった。

10分ほどで来た。中は素晴らしく快適。ウーバー、いいね！

パリ市街には40分ほどで着き、私たちが借りているアパルトマンに着いた。

う〜ん、思ったより、汚いし、狭い。建物についているエレベーターも荷物をのせたらひとりが限界。でも事前の写真と間違っているところは……たしかにないからこんなものだろう。

立地場所は素晴らしくいい。サントノーレ通りの一本裏。日本で言うなら、骨董通りから一本入ったところにある感じ？　そう思うと、このエリアで広い部屋ということはあまりないだろうから、便利さ優先でよしとする。

オーママと近くのスーパーへ買い出し。牛乳、オレンジジュース、ヨーグルト、卵、チーズ、お菓子類、夫に頼まれたワイン、生ハム、オレンジ、バナナなど。

夜は、日本から持ってきた缶詰で、チャーハンや野菜のスープなどを作る……作ってもらう、オーママに。

時差があるので、すぐに寝る。

1月29日（火）

時差のせいで、夜中の3時にみんなが次々と目を覚ます。家の中を詳しく見てまわった。キッチンの備品、バスルームの様子、パソコンスペースの使い勝手など。

6時くらいにまたみんなで寝る。

8時起床。外は暗く曇っている。

パリという感じがまったくしないまま、今日の予定を考える。

今回は買い物がメインなので、行く予定のお店はほとんど目星をつけてきた。アナログなマップにも丹念に書き込んで。今日の予定は7軒。

まずはみんなでシャンゼリゼ通りへ出て、そこから凱旋門まで歩いた。


パリ、なんだか以前とすっかり様子が変わっている。

前も冬だったけど、もっと活気があった。「活気がないな……」と夫もつぶやいている。

そしてわかりやすく、観光客に中国人が増えている。韓国人も。

凱旋門まで歩いて、みんなで写真を撮って、反対側からウーバーを呼んだ。1台目は、何分経っても画面上の車が動かないし、電話してもつながらないのでキャンセルしたら、キャンセル料をとられた。でも、キャンセルの理由を書いて調査を依頼したら、キャンセル料はすぐに返金された。

次のはすぐに来て、ひと安心。そこから左岸にある靴屋の「シャテルル」に行く。

黒いスニーカー（パリの通りの名前が書いてあるプレートがマジックテープでつけられるようになっている）と、ピンクの生地にタッセルがついている靴と、私のイニシャルをつけた靴を買う。色は黒のスエード地に紺のローマ字。できあがったら送ってくれるらしい。

そこから少し歩いて、アクセサリー店でセカンドバッグとブレスレットを買う。今日が誕生日だと言ったら、そこの商品をさっと取ってプレゼントしてくれた。名刺入れだった。

「きのうは、僕の誕生日……（笑）」

と夫が言ったら、「あなた面白いわね」と言われたけど、なにもナシ（笑）。

その並びにあった個性的なジュエリーのお店もよかった。ここは予定していなかった通りがかりのお店。ブローチやチョーカー、ブレスレットなど買う。

こんなふうに「フラッと入ったところに好みのものをたくさん見つける」というのが一番好きな買い方。さらにその近くに、日本でもたまに見かけるストライプ専門の雑貨のお店があった。奥には生地のコーナーもあったので、一番に目のついたオレンジとピンクのベースにちょっと黄緑のラインが入った布を5メートル。その他、気になったものをいろいろと3メートルくらいずつ。これは自宅リビングの椅子カバーやソファの張替えをするため。

買い物の極意は、一番はじめにいいと思ったものをすぐに買うことだと思う。他のものをいろいろ見ているうちに、「あっちのほうが使い道があるかもしれない」とか「あれは似たようなものを持っているから」など頭が余計なことを考え始めるから。そして頭を優先したときは、たいていあとになってから「はじめのほうを（も）買えばよかった」ということになる。それが好きか、よーく自分に聞いてみないと。とかブツブツ言いながら選んでいる私をプププ、と彼が笑っている。

お会計で待っているあいだに、テーブルにあったトレーに目がいった。持つと、四辺が立ち上がってトレーになるというもの。柄が大人っぽくて素敵。

でも、やめようかな。よくあることだけど、その日に自分の欲しいものがだいたい手に入っていると、そのあとすごくいいものと出会っても、「これはもういいかな」と私は思ってしまう。もし、順番が逆だったら買っているのに、という今日もそのいつもの癖で、「これはいいかな」と考えていたら、

「ちょっと帆帆ちゃん！　ここまで日本から何時間かけて来たと思ってんの？（笑）」

と彼がすかさずカートに入れていた。

そろそろプリンスが疲れている頃だと思うので、お茶でもしようと「ル・ボン・マルシェ」に入る。

やっとたどり着いた地下のカフェはとても狭くゴチャゴチャとしていて、プリンスを連れて入れるような雰囲気ではなかったので、出て、近くの通りがかりのカフェに入る。そのあいだ、小さな階段があるたびに夫がバギーを抱えたり、プリンスを誰かが抱っこしたり……パリって、まったくバリアフリーじゃない。

パリ風サラダとトマトのパスタを頼む。それを大人3人で分けるくらいでちょうど。夫はワイン、私はレモネード、オーママはコーラゼロ。山盛りについてきたフレンチフライが美味しい。

雨も降りそうだし、プリンスも疲れるから早めに帰ろうと言っていたけれど、ランチの途中からプリンスが寝てくれたので、予定のお店をもう少しまわることにした。

地図を見ながら歩いて、食器のお店があるはずの場所に来たけれど、見つからず、その近

くにあるはずの紳士物のお店もない。彼、ガッカリ。

こういうときに、思う。プリンスのことを考えてそろそろ終わりにしようと思ったあのときにやめても、同じだったな、と。無理しても、結局同じ……。

近くに大きなスーパーがあったので、野菜や果物を補充して帰る。

あ、でもこのスーパーが見つかったのは、お店探しを続けたからか……。

ということは……やはり動いたほうがいいのか……。


疲れた。アパルトマンに帰ってきてホッとする。

まだパリに来たよさがわからない……。食事も和食だし。

夜、「カフェキツネ」のナミさんに電話する。友人から「ぜひ会ってみて」と紹介されたナミさん。ものすごくおしゃれなナミさん。

その友人から勧められていた「Hotel Costes」のレストランの予約を、ナミさんにしてもらった。

とてもサバサバしていて話の早いいい人、という感じ。

1月30日（水）
今日は私とママさんのふたりで買い物に出る。
なにかがあっても頼れる夫がいないので、スマホの充電を切らさないようにしなければならない。

きのうはどうでもいいところでもグーグルを開いていたので、帰ってくるときには3%くらいになっていた。95%まで充電しても落ち着かない気持ちで部屋を出る。

アパルトマンの前でウーバーを頼んだら、「支払いができません」という表示が出ている。新しいカードを追加登録したら、そのまま動かなくなった。

ドキドキする。私って……スマホ関係、いつもこう。外でウーバーを呼べなくなったら本当に困る。

アプリを一度消して、もう一度ダウンロードしながら心の中で「落ち着け〜」と思いつつ部屋に戻り、夫に見てもらったら、直った。

夫「ちょっとぉ……大丈夫?」

実はきのうも帰ってきたときにアパルトマンのドアが開かず、さんざん鍵をガチャガチャやったあと、夫が交代したらスッと開いたので、そこから続けての「大丈夫?」だ。

まあ、なんとかなるだろう。

今度は無事にウーバーも呼べたので、出発。


パリの右上あたり、バスティーユの近くへ。日差しも出ていて空気が爽やかだ。

「今日は清々《すがすが》しいね」とママさんとふたり、張り切って歩く。

はじめに行ったアクセサリーのお店はヒットだった。ネックレスやピアス、ブレスレットなどを買う。

事前の印象だと、ここがヒットだなんて意外。こういうことがあるからネットの情報はあてにならない。もっと自分の感覚を頼りにしないと。

店員さんがベビーカーを見て、

「あら、ベビーはどこ？」と言ったので、

「うちでお留守番。荷物を運ぶためだけに持ってきたの」と言ったら、

「え？　なに、ホントに？　ウケるわーーー」と大爆笑していた。

お店を出てから思ったけど、あの店員さん、息子を日本に置いてきたと思ったのかも。

そこからテクテク歩いて通りすがりのお店でママさんが眼鏡を買う。

「パリで、と言うか、旅先で眼鏡が欲しかったのよ」

と言っていたので見つかってよかった。黒いちょっと個性的な縁のダテ眼鏡。それと眼鏡のチェーンも。

弟の奥さんのお母様が年明けにパリに来ていて、そのとき買ったという眼鏡チェーンがとても素敵だったそうなのだけど、「それと似ているわ。あらもしかしたら同じものかも」とうれしそう。

私も欲しいと思って試したけど、一番好きな眼鏡チェーンだけ、在庫がなかった。

次のお店は、それがあるはずの通り自体がなかなか見つからなかった。やっと見つけて、

たしかこのあたりのはず、という場所にもそれらしきお店はない。

……とそこへ、探しているお店のロゴが入った袋をいくつも持った男の人が通りの向こうから歩いてきて、すぐそこのドアに入っていった。裏口のようなそのドアを開けて聞いてみると、そこはオフィスで、店舗は数ヶ月前に引越したらしく、新しい住所を教えてもらう。

帆「ねえ、あの人があの袋を持って入っていかなかったら絶対わからなかったよね」

マ「神だわね」

パリの街は、通りの名前が角の建物に必ず書いてあるから歩きやすい。それに比べて、日本の道は歩きにくいよね。通りの名前なんて、たまに交差点近くに看板が立っているけど、ない場所がほとんどだし、高速道路も外国人にはかなり不親切……と言うより、はじめから外国人（よそ者）のことを考えていないのだろう。内弁慶と言うか、鎖国の名残からくる日本人の性質か。昔、はじめてNHKの意味を知ったときびっくりしたもの。日本（N）放送（H）協会（K）。

このバスティーユのエリアはテンションが上がるような建物や住宅は少ないので、次の目的地に向かって黙々と歩く。

またも、通りがかりのお店でママさんが靴や雑貨など購入。なにこの靴、素敵……シック……パリだよねぇ。ブルーグレーの生地のぺったんこ靴。

「ちょっと休憩しない」と言っていたら、角を曲がったところにパッと現れたレストランがあったので、そこに入ることにした。

「あら、あそこのお店、いい感じね」とママさんが言うので、「ここに入る予定だったんだよ」と軽くウソを言う……。予定では、その隣に小洒落たイメージのカフェがあるはずだったんだけど、見当たらない。

この地図、ウソばっかり。事前に読み込んでいたパリの本。

観光客はほとんどいないエリアなので、地元の人たちに混じって落ち着かなく座る。魚介のリゾットとタルトを頼む。ふと足元を見ると壁にコンセントの穴があったので、スマホを充電させてもらった。

出てきたリゾットはびっくりするほど美味しかった。まわりを見ても、みんな魚介のなにかを食べている。

「ここは魚介が美味しいところなのね、きっと」

「当たりだね」

タルトは、まあ普通。


お昼が美味しかったので元気を取り戻した。通りがかった公園で写真を撮った。向こうに瀟洒《しょうしゃ》なアパルトマンが並んでいる。

海外に来ると、そこでの暮らしを想像する。あのアパルトマンにはどんな家族が住んで、どんな朝食を食べ、どんな格好で出かけるのか……。もし自分が実際に住んだとしたら……

その暮らしは意外と日本でのものと変わらないと思う。中心で物事を考えている自分自身が日本でもパリでも同じだからだ。

　長期でもホテルに滞在する場合は旅行者なので、その国のよいところだけを表面的に見て、「ステキー、また来たーい」とか思って帰るだろう。でも暮らすとなったら話は別。スーパーでは日本と同じような食材を買って安心し、日本で付き合っていた人たちと同じような種類の人たちとこちらで会い（それが日本人でもフランス人でも）、起こる物事に同じような反応をするので同じような展開になるような気がする。

　さっき、スタバのコーヒーを飲みながら歩いているときに思ったんだよね。

「これじゃあ、日本と同じじゃない？（笑）」って。

「どうしてこのカフェオレの美味しい国で、アメリカ産業のコーヒーを飲む必要があるのよ！」って。

　はじめのうちは、環境が変わったことで当然なんでも物珍しく、その意識で向き合うので面白いことがあるだろう。でもしばらく経てば、それは「日常」になる。よっぽど、これまでと違うことに心を開き、なんでも吸収しようと決め、今までの自分の枠を外す決心をしなければ、結局同じ……。

　つまり、なにかを変えたくて海外に来るのはあまり意味がないよね。そこでなにをしたいかという目的がないと。もちろん、ただその国の雰囲気を味わいたいというような目的でもいい。でも、「きっとこの国が私は変えてくれる」というようなものでは変わらない、ということ。

それって結局「結婚が私を幸せにしてくれる」とか「○○になれば幸せになれる」というようなものだ。

そう、変わりたければ日本でも変化は起こせる。

そう思ったら、急に元気になってきた。

そこからまわったいくつかのお店は、すべてハズレ。ママさんも疲れてきた。
でも、せっかく彼がプリンスを見ていてくれる日なのであと少し、と頑張って、最後に予定していたお店へ行ったら、そこがヒットだった。ブローチとワッペンのお店。
マ「よかったわぁ、最後に気持ちが盛り上がって。あのまま終わっちゃっていたらなんだかちょっと、だったものー」
帆「ほんとだよねーー、最後にいいお店に出会えてよかったーーー」

ウーバーを呼ぶの、慣れてきた。ポイントは、自分の立っているところがわかりやすい場所から呼ぶことだ。交差点など、通りがたくさん交差している場所で呼ぶのは避けること（どこかの道に少し入るといい）、そして、地図上に出てくる自分のいる場所と、画面上のピンがずれていないかをしっかり確かめること。

無事、部屋に帰る。

プリンスはとってもお利口だったらしい。
一緒に近くを散歩までしたという。
帆「え？　どこに行ったの？」
夫「隣のバーとか」
帆「え？　前に背負ったまま？」
夫「そうよ？（笑）」

少し昼寝して休んでから、夜は夫とふたりでHotel Costesにディナーに行く。きのうは私の誕生日だったのです！

Hotel Costesはサントノーレ通りに面したオシャレなホテルで、パリコレの頃など、近年はまずこのホテルから予約が埋まるらしい。

入り口はこぢんまりしている。ドアの向こうは薄暗く、ものすごいオシャレ感が漂っていた。入って名前を伝え、コートを脱ぐ。ウェイターたちが信じられないほど背が高く格好いい。

一番奥の暖炉の前に案内された。

隣の席の女性2名も、とてもお洒落。「シャネルかな」というようなツィードのジャケットを着ている。こんなツィードのジャケット、日本にもよくあるけど、ここで見るとシャネルか？と思ってしまうあたり、パリの雰囲気に気圧されている感じ。思い出す……学生のとき、私がイギリスに留学中に母とふたりでパリに遊びに来て、星のついたレストランでディナーを食べたときの圧迫感。他者を寄せつけない閉鎖的な態度。

白ワインと牛肉のタルタル、海老とアボカドのサラダ仕立て、鴨のローストを頼む。ウェイターが「いいチョイスだね」と言っていた。

どれも素晴らしく美味しい。エビとアボカドのサラダはキャベツの中央に包まれて出てきた。カモの皮はパリパリだし、ソースは最高。

「やっとパリに来た感じがする」

と彼。と言うか、やっと海外に来た感じがしてきた。

今回、なかなか海外に来た感じがしなかったのは、アパルトマンを借りているからだと思う。プリンスがいる以上キッチンが必要なので仕方ないけれど、宿泊がホテルではないというのは良くも悪くも旅行気分を削ぐ。たった10日でも「暮らし」になった途端、華やいだ気持ちより「生活」になる。

帆「やっぱり、夏服で気楽にプラッと外に出られないっていうのはちょっとね」

夫「え？　なに？　パリに住む気はないでしょ？」

帆「なかったけど、改めてヨーロッパの冬は厳しいなって……」

夫「そうね、あくまで旅行だよね、まったく住まなくていいよね」

だんだんお客さんが増えてきて、気づいたら満席に。暖炉の火がチョロチョロと心地よい。

隣の人たちに写真を撮ってもらった。私たちの好きな、「これからの展望」を語る。隣の人とテーブルが近いけれど、薄暗いし、みんな自分の話に一生懸命で他の人を気にしていないところはいい。自分たちの世界に集中できるから。

デザートワインとカフェオレを飲んで帰る。

1月31日（木）

今日も空はどんよりとした曇り空。雨は降っていないようだ。

今日はパリらしいところへ行こうと、朝一番でエッフェル塔へ。眺めよく写真が撮れるチュイルリー宮殿の前でタクシーを降りる。

凍てつくような寒さの中、エッフェル塔をバックにみんなでたくさん写真を撮る。凍てつくような寒さの中、プリンスは犬を見つけて追いかけまわし、鳩を見て走り寄っていく。凍てつくような寒さの中、私はプリンスを追いかけ、彼はそんな私たちを必死でビデオに収め、オーママはバギーと荷物の番人。とにかく、凍てつくような寒さ。頑張ったかいがあり、すごくたくさんいい写真が撮れた。

タクシーに乗って、ホッとした。プリンスの手も氷のよう。でもすごく楽しそう、遠くになっていくエッフェル塔をジーッと見ている。

そこからプランタンの近くのポールで朝食。

1階で買ったパンを2階で食べるのみだった。

夫「ええ？　あったかい卵料理とか食べたかったのに」

そうだよね、ごめん……。なんか今回のパリ、私、いろいろと外してる気がする……。行く前から「あったかい卵料理が食べたい」って彼は言っていたのに、わざわざここに来て、オーダーできるメニューがないなんてね。

でもデニッシュやパイはどれも美味しかった。

「デニッシュやパイはどれも美味しくて感心するね」

「このポールが100年くらい前からあったなんて、やっぱりパンの文化だよね」

「そうよ、だってマリーアントワネットの時代からマカロンがあったんだから」

彼は仕事でこちらの人たちと会うので、私たちはプランタンとラファイエットへ行く。コートやニット類、プリンスの洋服など、買う。

「○○さん（日本にいるパリに詳しい友達）が、プランタンとラファイエットは見る必要ないわよ、なにもないから、って言ってたけど、その通りだね」

「やっぱり、だてに通ってないわね」

最上階でレモネードを飲んでいるあたりから、なんとなく気分が悪くなったので帰ることにした。

デパートから出て涼しくなったら少し気分がよくなったので、サントノーレ通りを歩いて帰ることにする。

途中、ヴァンドーム広場でオーママが買い物。

2月1日(金)

今、午後3時。やっと気分がよくなってきた。

きのうはあれから大変だったのだ。

夕方、部屋に戻ってからさらに気分が悪くなって私はトイレにこもった。お腹は正常なのに、すごい吐き気。

夫「あのタルタルだと思うよ」

オ「え？　旅先で生物を食べるなんて、信じられない！　しかもタルタルだなんて」

とか言われつつ、吐き気がおさまらない……。

夜、少し気分がよくなったけれど、体力が絞り取られているようで起き上がれないのでそのまま寝た。リビングでは、オーママと彼がワインと美味しいチーズや生ハムを食べながら楽しそうだった。


そして今朝になって少し気分は回復したけれど熱っぽかったので、ルルを飲んで午前中は休息の日にした。

なんと、彼も熱っぽいと言う。測ってみると37・6分。

帆「ええ？　そっちも？　そんなにあってよく起き上がっていられるね」

夫「いや、やる気はないよ」

ということで、ふたりで寝込む。今日行く予定だった、夫の買い物は延期。

さて、3時くらいになってようやく元気になったので出かける支度をする。

今日は友人に紹介してもらった「カフェキツネ」のナミさんに会いに行く予定。

はあ、それにしても、体調がよい（いつも通り）というのは本当にありがたく貴重なことだと思う。この空気。きのうは呼吸するだけで気持ち悪かったもんね。

パレ・ロワイヤルに着いたらすぐにわかった、カフェキツネ。そこだけ、人がたくさんいるので、窓ガラスが白く煙っている。

ナミさんは、本当におしゃれな人だった。おしゃれが身についている人。オーママと同い年（娘さんも私と同い年）。

この雰囲気は、酸いも甘いも嚙み分けて様々な経験をし、自分の力で切り開いた人ではなければ出せない雰囲気。そしてそういう人特有の人間的な優しさ。

ねー!!
「元気なのは
バーバとプリンス
だけだわねェ」

カフェの前で写真を撮り、パレ・ロワイヤルの回廊でしばらく話す。

「ああ、久々に刺激を受けたーー」と言ったら、「今日がパリに来て一番楽しいわ」とオーママ。

帆「そう言えば、さっきプリンス、通りがかりの人たちにずいぶん声かけられてなかった？」

オ「そうなのよ、まぁ、この子は愛想がいいわね。さっきのおばあさんなんて2回目に通りかかったときも、なんて可愛いのかしら〜って言ってくれるのはうれしいんだけど、ほっぺにキスまでしようとしてるから急いで帽子をかぶせたわ」

とか言っているオーママ。

プリンス、前から言っていた「ノー」が、こっちに来てからは人差し指を立てて「Non Non」になった。誰も教えていないし、現地のフランス人の会話で覚えるほど触れていないはずなのに、どうしてだろう？

ナミさんと別れてから、近くの「メゾンキツネ」に行った。

紺のコットンのプルオーバーー！　これは可愛い！と即買い。買い物はこういう感じでしたい。見た瞬間「これはいい!!」と思って即買い、という気持ちになるもの。それから弟のお土産にTシャツも。パリでしか買えないものはないか聞いたけど、なかった。

部屋に帰り、みんなであれこれナミさんの話で盛り上がる。

ナミさんは、日本にいるときからセンスがあった人に違いない。もちろん、パリでの美的感覚にも刺激を受けた結果だとは思うけど、その芽は必ず日本にいるときからあったはず。

それがパリで花開いたということだ。

昔をよく知っていて、あの子（人）がこうなったなんて信じられないよね、ということがあるけど、よく考えてみると、実はその片鱗は昔からあったということは多い。たとえば国連で働いている私の同級生は、そこだけを聞くと、「え？　想像できない」と思うけれど、よく思い出してみると、高校生の頃から国際間の問題とか、その手のことに興味があった。それが進んだ結果だとしたら、意外でもなんでもない。同じように今の私も、こうなる片鱗は当時からあったのだろう。

だからナミさんも当時からその芽があったはず。パリが変えてくれたんじゃなくて、自分の好きなこと、興味があることを追っていった結果だ。

「ああ、やっと少しパリっぽくなってきたぁあああ」

と、みんなが同じ感想。

2月2日（土）

今日の午前中はオーママがゆっくりと眠って休養する。

「ルルを飲んで寝たら復活したわ」

と言っている。やっぱり日本人の風邪にはルルなんだよ……。

今日は、サンジェルマン デ プレ地区で、初日にまわりきれなかったお店に行って、最後に友人のお花屋さんに寄る予定。

はじめに行ったセレクトショップは、いかにも高級なインテリアファブリックのお店が立ち並ぶ路地の奥にあった。その小さな路地が本当に素敵だった。ラウンドアバウトのような中央を囲むように、ファブリックのお店が丸くズラリと並んでいる。夫がベッドリネンを選んでいるのをよく見たら、ロロピアーナのインテリアショップだった。どうりで、シックでセンスがいいわけね……。

でも私自身は、こういうわかりやすい高級ショップはあまり興味がない。知っている人は知っているけれど一般的にはあまり有名ではなくて、値段も私にとってそこそこで、そういうお店から自分好みの掘り出し物を見つけるのが好み。インテリアでも洋服でも。

それにしても、今日も寒い、うっすら小雨も降ってた。

近くのサンジェルマン デ プレ教会は、思ったより小さく、外見も薄汚れていた。その近くにある有名な「カフェマゴ」や「カフェ・ド・フロール」はバギーがあると中の席には座れないので、カフェでのランチはあきらめて、先に目的のお店に行くことにした。ちょうどプリンスも寝てくれているし。

プリンスはこういうことが多くて本当に助かる。今寝てくれると助かる、というときに必ず寝てくれる。

食事のときにうるさくて困ったこともないし、機内でも離陸と着陸になると気配を察したかのように、寝る。

またもや、お店が見つからない。

近くに来ているはずなのにどうしても見つからなくて、グーグルを駆使してやっと見つけた。また地図の印が間違っていた。

食器のセレクトショップ。本に載っていた赤い大胆な海のモチーフのデザインが好き。そのコーナーが赤で染まっている。このお店オリジナルのデザイン。サンゴや貝、魚やカニ、タツノオトシゴなど。サンゴのディナープレートと、大判のカフェオレボウルを買う。これはサンゴの柄がなかったので、雰囲気が似ている海藻の柄にした。サンゴの柄が好きな私は、このデザインでディナーセットをそろえようかと思ったけれど、「さすがにそれで全部は気持ち悪い」と彼に言われてやめた。代わりにグラスをそろえたら？ということで、ホタテ貝と、サンゴのグラスを人数分買う。割れたときのことを考えて多めに。小さな布バッグとコサージュもよかった。

今、5時近く。ここからル・ボン・マルシェで時間を潰して6時に知人のお花屋さんに行く予定だったけど、すぐそこまでも移動できないほど荷物が重いし、スマホの充電もギリギリだったので、今日はここまで。そこからウーバーを呼んで、帰る。ウーバーを呼ぶのもすっかりお手のもの。

アパルトマンに帰って、今日もホッとする。

10／7　公園

12／3
シャンパン
シャーベット

12／26　お風呂のおもちゃも並べる！

10／31　ハロウィンイベント

10／29　モンブラン

自宅のヨット完成

↓↑ロバートさん

11／10　ポイントンキャニオン頂上、向こうは絶壁

途中によくいるサボテンが可愛い

11／11　カセドラルロック、
あそこまで登る

はじめの台地、頂上よりパワースポットだとか……

カセドラルロック頂上、向こうは絶壁
私、ここに座ってるの
END OF

太陽が岩の向こうに隠れた途端、
てっぺんの木のシルエットが!!

11／12　セブン・セイクリッド・プールズ

気に入った
天然石と十字架

カセドラルロック登山の途中

11／12　クレッセント公園の奥、オーククリークの流れの始まり

1／16　中国で受けた接待 余るほど作るのがおもてなし

それでも800人
講演会では豆粒

1／19　これでは足りない

1／27　これくらいジャラジャラしないと……

友人からプレゼントの
キーホルダー、お気に入り

12／8　ホホトモ
クリスマスパーティー

なにこれ……
という大正ロマン(汗)

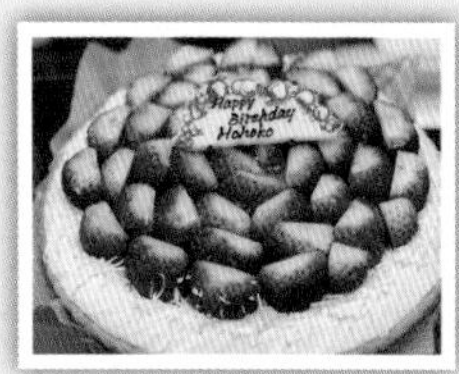

4／11　イチゴタルト

1／23　夕焼け色の建物

11／22　軽井沢の十字架

Je ne puis demeurer...
... loin de toi plus

1／29　シャテル、物欲のかたまり

シンデレラシューズ。どこで履けるか

1／30　このタルタルにやられる
@Hotel Costes

一番好きだった生地

ウーバー呼び出し中

「Astier de Villatte」

2／3「アンジェリーナ」

ここでそろえたグラス

2／2「オーバンマリー」。買ったのは右のほうのサンゴシリーズ

1／30「マコン・エ・レスコア」のブローチ

2／2　「ロロ・ピアーナ・インテリア」

持って帰った
ミモザの生花リース

2／4　ルーブル美術館の
ショップでいただいた「トート神」

2／7「パ・ド・ドゥ」

あ、同じ構図　@ルーブル美術館

2／18 桃饅頭

3／5 部屋から見えたプール

3／24 オーマママのペンギン

私のペンギン

3／6 鳥羽水族館

2／26 男性たちのアフタヌーンティー

あぁ、指めりこんでるねぇ……汗

2／16　絵の下準備

4／21　明治神宮

4／25　朝の儀式

4／16　スパイラルマーケット

プリンスが見つけた足元の花

4／7　姉弟

3／12　可愛い松ぼっくり

ある日のハンバーグ。
これ以上の「キャラ
弁当」は私には無理

3／21　宇宙の元旦

読者の方にいただいた絵本の
コピーを額装する

3／28　90歳のバスルーム

4／11　財布、忘れる

窓からの目黒川の桜

ゴールデンウィーク、軽井沢

4／28　ヒノキの積み木

4／27　餌台

そこにいた4人、みんな
同じお財布)^o^(

ウーちゃんのご子息がサラッと
作った……さすが芸大！

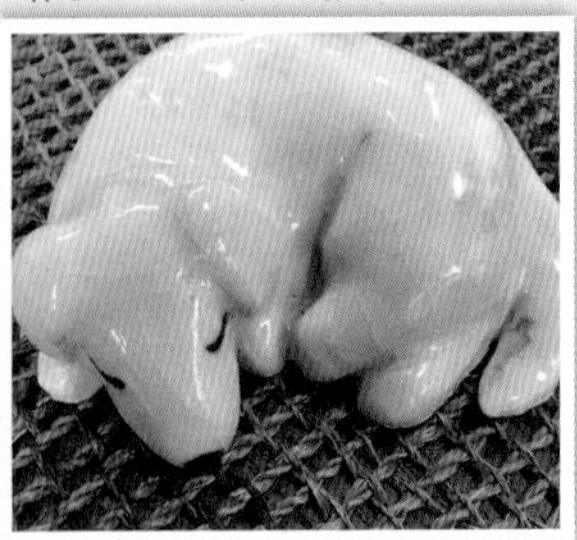

軽井沢の朝食

2月3日（日）

きのうは夜中にお腹が空いたので、深夜にキッチンで特製ハンバーガーを作り、夫とふたりでムシャムシャ食べた。

今朝は晴れている。ここの近くに内務省があるそうなので警備の関係で前の通りが封鎖されていることがある。きのうもそうで、タクシーが目の前まで入ってくることができず、通りの先のバリケードのところで降りた。銃を見慣れていない私たちは、こういうのを持った人が普通に街角に立っているとドキドキする。あれが間違って乱射されたらどうしよう、なんて。

今日は日曜日でお休みのところが多いので、ルーブル美術館に行くことにした。今回は美術館には行く予定はなかったのだけど、「プリンスに絵を見せたほうがいい」と彼が言うので、そうすることに。

その前に、美味しい朝食を食べよう、と「アンジェリーナ」へ行く。ベビーカーで入れるかなと思ったけど、大丈夫だった。

入り口でバギーを預かってもらい、壁際の落ち着いた席に座る。

オーママはアンジェリーナ・ブレックファースト、私たちはオムレツ抜きの朝食セット。クロワッサンやデニッシュやフルーツがついている。

プリンスはウェイトレス全体を牛耳っている「ドン」のような女性にニコニコと手を振って気に入られ、モコモコのダウンコートを一緒に脱がせてもらい、ベビーチェアにも座らせてもらった。そしてさっさとクロワッサンを食べている。今日はもう、このバターたっぷり高カロリーのパンをプリンスも食べていいということにした。それとオレンジジュースとオムレツ。

アジア人は誰もいない。ヨーロッパの観光客らしき家族。隣には、トレーニング帰りのような男性。目玉焼き5つと数枚のベーコン、フルーツを山もりに食べている。目玉焼き、5つ……。

あぁ、自分の息子と一緒にアンジェリーナに来ることになるとは思わなかった……私はいまだに「自分に子供がいる」という実感がない（薄い？）ことがある。気づいたら子供が現れていた、という感じなので、たまにプリンスのことをジーッと見ちゃうくらい（←後日、友人も言っていた「私もいまだにおままごとしているような感じになるときがある」と）。

たっぷりした朝食のあと、元気いっぱいルーブル美術館へ。

あのピラミッドの前で写真を撮る。ふと見ると、入り口に入るまでも長蛇の列になっているのが遠くから見えた。それを見た途端、「やめよ」「今日はやめよ」「明日にしない？」とみんなが一斉に言ったので、今日はやめる。

晴れているので、セーヌ川沿いを散歩した。フランス国旗と青空と女帝のような石像がパりらしい。
パリって、どこを向いても高層ビルがない。たぶん、あるエリアにはあるのだろうけれど、ここから360度見渡しても遠くのほうにも見えない。たとえばロンドンは古い街並みも残っているけれど、金融エリアの近くに行けばビルもあるので……。パリ、街並みとしては美しいと思うけれど、こんな建物の中でまともなビジネスができるのだろうか、とか思っちゃう。金融とかね。余計なお世話だろうけど。

実は、パリに来てから私はすごく楽。なんと言っても私以外に大人の手がふたりもあるから。プリンスなんてオーママになつきすぎて、この数日はオーママのことを「ママ」と呼んでいる。

帆「大丈夫かな」
オ「大丈夫よ~、日本に帰ったらすぐ戻るわよ」
その後、パパのこともママと呼んでいた。今、彼の中で大事な人はみんな「ママ」になっているらしい。
そう、これでも思い出したけど、子供の動作や反応ついて一喜一憂する必要はまったくないな、と思う。あ、「一喜」のほうはしていいけど、「一憂」のほうは必要ない。たいてい一時的なもので、少し成長すると必ずそれは卒業するから。そんな一時的なことを心配するよりも、自宅での日頃の親の態度（たとえば服装、言葉遣い、所作など）や、会話のほうがずっと大事。それがすべて移っていくよね。
スーツケースを2個買い足した。

アパルトマンの1階で工事が始まったようだ。1階にある店舗の改装らしく、昼間は結構な騒音。海外の物件ではよくあることだけど、こっちの建物の大雑把さ……廊下とか、エレベーターまわりの小汚さとか、そういうことって、暮らすとなると嫌になるだろうな、と思う。

ホテルにいれば感じないし、前は、「その汚いところに素敵なインテリアが同居しているところがなんとも魅力的」なんて思ったけど、「暮らし」として考えると、改めて日本は素晴らしいと思う。

このいい加減な工事の様子……、コードが壁をつたっていたり、お風呂のタイルが簡単に剥がれたり、すべてが突貫工事的。

ここにいるあいだ、「やっぱり私は住むなら南国がいいな」と何度も言っては、「もうわかったよ」と夫にうるさがられている。

2月4日（月）

今日は開館時間を目指してルーブル美術館へ。

開館時間を15分くらいしかすぎていないのに、もう長蛇の列。これは……きのうと変わらないのでは？と思って恐る恐る近づくと、係の人がなにか言っている。

「バギーの人はあそこの中央から入れるから」

左右に並ぶ人たちの真ん中を注目を集めながら進むと、係の人が中へ入れてくれて、一番先頭に連れて行ってくれた。「あなたたち、ラッキーね」と先頭に並んでいた外国人たちに言われる。どうやら、ベビーカーの人たちは並ばなくていいらしい!!

「ちょっとぉ、ものすごくラッキーじゃない？」

と興奮しまくる私たち。そのまま荷物検査を受けて、館内の中央に降りる円盤のようなエレベーターに乗せられ、スーッと地下の入り口へ降ろしてくれた。慌ててエレベーター内の動画を撮る。

「プリンスのおかげ～、ありがとう！！！」とプリンスにキス。

チケットブースは空いているのですぐに入れた。

今回はプリンスのために、お目当てのものだけを見る予定なので、まずは「モナ・リザ」を目指して進む。地図でエレベーターのマークがついているところを渡り歩いたのに、建物が分かれている上に、少しの移動でも段差があるとプリンスをベビーカーから降ろさないといけないのですごく大変。車椅子の人たちの大変さを思う。もうちょっとわかりやすくエレベーターのマークを出してくれればいいのに、とか、この数段の段差のためだけに向こうまで行かなくちゃいけないなんて……とか。

「モナ・リザ」の前はまああの人だかりだった。しかも、プリンス、寝ちゃったし。一応、ベビーカーと私と「モナ・リザ」の写真を撮ってもらう。

日本で見るときよりはずっと落ち着いて見ることができるので、しばらく堪能したけど、私は「モナ・リザ」はそれほど感じない。

そこからダ・ヴィンチの「岩窟の聖母」の部屋へ移動する頃にプリンスが起きたので、じっくりと説明してあげながら見せる。次は「サモトラケのニケ」へ。その途中、「あ！」と指を差してプリンスの興味を引いた絵があった。それはマリア様が幼子イエスを抱いている、まあよくある構図。たぶん、自分と同じ構図だから目を引いたのかも。写真を撮ったら、本当に同じ格好をしていた。

「サモトラケのニケ」は、相変わらず堂々と潔くそびえていた。私は昔からこれが好きなのだけど、今回、「そうか、これは勝利の女神だったな」と改めて思い出し、改めて好きになった。勝利の女神か……。ミュージアムショップで、この大理石の像などがあったら欲しい。

カフェでランチをする。チーズとトマトのパニーニとブルーベリーのマフィンを頼んで、プリンスには持ってきたお弁当を広げる。今日は野菜たっぷりチャーハン。プリンスは、ここでも隣のテーブルの女性たちに手なんか振っちゃって……。

「来てよかったね」

「そうだよ、やっぱりせっかく来たんだから見せておかなくちゃ」

「そうだよね」

パニーニが美味しいので同じのをもうひとつ買ってきてもらった。

最後にもう一度「モナ・リザ」の前を通り、プリンスと写真を撮る。プリンスを抱っこしてオーママのほうに向かせ、背景に「モナ・リザ」が写るように……フー。

ミュージアムショップでプリンスに万華鏡を買う。エッフェル塔が描いてあるシックな万華鏡。

そしてお楽しみ。1階のミュージアムショップへ。海外の美術館は中に展示されているもののレプリカがあるので、大好き。今回は、よさそうなのがたくさんあって「これこれ、こういうのが欲しかったのよ」とオーママと興奮気味にいろいろと出してもらう。

ピアスと、個性的なゴールドの大きな飾りのついたチョーカーを買った。プリンスには、「水色のカバ（王家の墓の副葬品）」のぬいぐるみを買う。「サモトラケのニケ」は、イメージしていた大理石のものがなかったのでやめた。

たくさん買ったからか、お店の方がゴールドの葉っぱのブローチをくださった。私とオーママにふたつ分。それと「トート神」の小さな置物。どちらもすごく気に入っている。

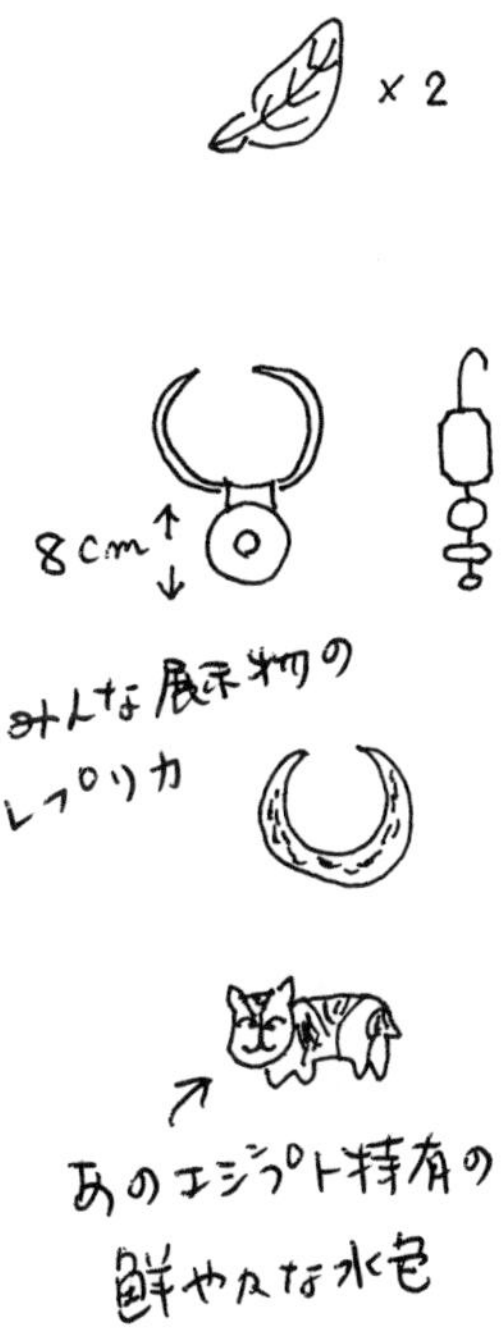

さて満足して、次はサントノーレ通りの近くにある「Perrin」へ。おしゃれな友達が、日本でここのバッグを持っていて、行ってみたいと思っていたのでうれしい。店内は静かで落ち着いていて、美味しいコーヒーやお菓子が出てきてくつろげた。迷ったけれど、予定通りのものを選ぶ。

それからプリンスの洋服をちょこちょこと。私好みの、できるだけロゴがついていないシックな色合いの子供服はパリが一番。

ここにいて驚くのは、そのあたりのスーパーで買ったワインが信じられないほど美味しいこと。それと生ハムも。毎晩、和食をベースに、白ワインと生ハムとカマンベールチーズをおつまみにしている。至福。

今の自分の人生は、これまでの自分の選択の集大成。ということは、自分にとってのベストなのだろうと思う。だって、これまでの選択の瞬間、そのとき選ぶことができるものの中から自分にとって一番いいと思うことを選んできたわけだから。いいと思えるものがなくても、その中で少しでもマシなほう、よさそうなものを選んできたはず。だから、それらが集まった今の人生は、かなり自分の希望を満たしていると言える。

だから、他人の環境や状況を現在のピンポイントだけ見てうらやましがっても意味がない。

その人がそうなっている過程には、私だったら絶対に選ばない選択をしているかもしれないし、今も、私だったら絶対にできない（したくない）我慢をしていることもあるだろう。その人にとっては、それは我慢にはならない場合もある。なので、他人のことはわからない。

責任を持てるのは自分の人生だけ。なので、なにかを選択するときにはますます自分が望むほうを選んでいかないと、と思う。それを好きかどうか。

早朝のパリ

2月5日（火）

買い物の旅はまだ続く。

まだ決まっていない友達へのお土産なども補充したい。お土産って……結構大変だよね。金額のはるものを買ってしまうと、同じグループの別の人にも同じようなものをプレゼントしなくてはいけなくなるし。あくまで形なんだからもっと気楽にしたい。いいものがなかったら、今回はなし、くらいの感じで。そのあたりのことがわかっている友達の中には、「空港に入っている○○の紅茶かお菓子を買ってきて」と指定してくれたりして、それはとても楽。

30日にオーママと行ったブローチとワッペンのお店にもう一度行くことにした。きのう、買ったものを広げて楽しんでいたら、「え？　これだけ？」という気がしたから（笑）。たくさん買ったはずなのに……。

私たちのことを覚えていてくれて、とても喜んでくれた。またいくつか買ったら、大ぶりのワッペンを3つもプレゼントしてくれた。その中に、オーママが買おうと思ってやめたものとそっくりのものが入っていたのでうれしい。

外に出たら、どうやら今日はデモをやっているようで、道路があちこち封鎖されていてタクシーが呼べなくなっている。

封鎖されていない道路までかなり歩いて、クタクタになった。やっと「ここならなんとか」という場所からウーバーを呼んだら、来るのに20分ほどかかった。

そこからが大変だった。いろんな道が封鎖されていて、迂回して迂回して、やっとうちの近くまで来るまでに1時間近く。道がまったく動かない。そしてたぶん、うちの前の道も封鎖されていると思ったので、手前で降ろしてもらい、そこから歩くことにした。運転手さんはとてもいい人で要領よく、空いている車線にどんどん車線変更してとても上手だったけど、私たちが「ここで降りる」と言ったら、ホッとしているようだった。この人にはあとからウーバーのアプリでチップを多めに払う。

部屋に帰って、またホッとする。やっぱり海外の街を歩くのは気を張る。今回、はじめは家族3人の予定だったけど、買い物が目的だったので、「それならオーママも一緒にどう?」と夫が言ってくれて本当に助かった。

明日もうちの前の道路が封鎖されていてタクシーが入ってこれず、あの大量のスーツケースを抱えてどこかまで移動しなくてはならなくなったらどうしよう……と一瞬思ったけど、いや、明日は大丈夫だろう、と思い直した。デモ、今日やったから、翌日はないんじゃないかな……と。

今晩は最後の晩餐《ばんさん》。ルーブル美術館で食べたパニーニが美味しかったので、同じようなものをカフェで買ってきた。それとメゾンカイザーで買った野菜のポタージュとサラダ、ラザニア、エクレアなど。そうだ、きのうのワインとチーズがまだある、と思い出した途端、幸せに。

荷物をパッキングして、送るものの手配をして、部屋を掃除。

2月7日(木)

今帰りの飛行機の中。

夕方の便だったので、最後に知人のお花のお店「Pas de Deux(パ・ド・ドゥ)」に行ってきた。左岸の子供のいる家族連れの多いエリアにあった。

行くまでも、子供服のお店が続いていて、タクシーからキョロキョロする。

11時のオープンに合わせて到着。少し待つと店員さんが出勤してお店を開けてくれた。

お花屋さんのにおいがする。シャビーな淡い色の花がたくさん。はっきりした色合いのものもあるけれど、綺麗にまわりに溶け込んでいて私の好きなカラートーン。このお店のTさんに、プリンスのベビーシャワーのデコレーションをお願いしたのだった。

あ、店員さんだと思ったのはお嬢さんだった。ピエロのような格好に丸い黒縁メガネという独特の格好で、とても親切にいろんな話をしてくださった。

奥のキャビネットにドライフラワーになっているミモザのリースがあって、日本に持って帰れるというのでそれをオーダーした。

「え？　これを？　持って帰れるの？」と思ったけど、箱に入れれば大丈夫だって。お母さんのTさんを待つあいだ、お嬢さんがおすすめしてくれた近くのカフェにランチをしに行くことにする。

お魚のムニエルと、さっきEさんに勧められたクロックムッシュを頼んだ。

ムニエルを一口食べたら、とても美味しい。付け合わせのカレー味の野菜の漬物？も食べたことがないような美味しさ。

帆「やっぱりフランスって、美味しいよね」

オ「ほんと……どこに入っても外れないね」

プリンスもパクパク食べて満足。

お客さんが次々に入ってくるなあ、と思ったら、ミシュランを取っているお店だったとあとで知る。

お店に戻って、久しぶりにTさんと会う。

パリでは、男の子も気楽に花を買いに来るそうで、男の子もきちんと自分の好みで花を選ぶという。花の文化が違うよね。空港でも、花を持って誰かを待っている男性を以前はよく見かけたもんね。ちょうどプリンスが「これ！」とばかりにひとつの花を指差したので、写真を撮る。

ミモザのリースを素敵な丸い箱に入れてもらい、ピンクのリボンを何重にもかけてもらって大事に抱えてお店を出る。そして最後にもう一軒、このあいだ会社のほうに行ってしまったバッグのお店が近くにあったので行ってみた。たくさんのバッグが綺麗なグラデーションに並んでいて、とても綺麗。

バッグの箱とミモザの箱をバギーに引っ掛けて、部屋に戻り、これは手荷物にしてタクシーを呼ぶ。

きのう心配していた、家の前の道が封鎖されることはなかった。

本当によかった。封鎖されたら、この大量のトランクをタクシーが拾えるところまで運ばないといけなかった。

空港について驚いたのが、免税のシステム。「Pablo」という機械に、お店でもらった書類のバーコードをピッとかざすだけで終了。画面には日本語の説明もあるし、買い物したものを係の人に見せる必要もない。終わった書類をポストに投函する必要もなく、3分ほどで終わる。なに、この楽さ……ビックリ。

帰りのシャルル・ド・ゴール空港のJAL便のターミナルは免税店が充実しているからとにかく早く行ったほうがいい、というアドバイスをもらっていたけれど……まったくだった。こういうのって、たまたまそのときにその人の欲しいものがたくさん見つかると、「あの空港は免税店が充実している」ということになるだけで、そのときの印象だよね。

それよりも、私たちは頼まれたお菓子メーカーの紅茶を探して動きまわった。

お菓子や食べ物を扱っているすべてのお店をくまなく自分で探したけど、見つからず……。インフォメーションの誰に聞いても「入っていない」と言う。仕方ないので、代わりにラデュレのパリ限定品とクスミティーを買う。

帰りの機内でも、プリンスはお利口に私に抱っこされて寝続け、ぐずることは一度もなかった。ムクッと起き上がるたびにフルーツを食べて、ムニュムニュとおもちゃで遊び、私の隣にゴロゴロしているうちにまた寝ている。

日本に戻った。

日本、いい！　我が家、最高！！！

『ダウントン・アビー』のバイオレットおばあさまの名言、「旅は家を恋しく思うためにするものよ」、その通り！！！

別送品以外の買い物を全部並べて写真を撮る。全部、素敵。このどこに履けるかわからないような、すぐに汚れそうなタッセル付きの「シャテル」の靴など、小憎らしいほど可愛い。すぐにしまうとつまらないので、いくつかを寝室の出窓に飾った。

2月8日（金）

きのうは夜の10時頃から眠って夜中の2時にプリンスと一緒に目が覚めた。夫はぐっすり寝ている。「それっ」とばかりにふたりでリビングに繰り出し、気ままに好きなことをした。私が録画しておいたテレビを見るそばで、プリンスはお気に入りのキッチンセットで遊んでいる。

あのミモザのリースを買いに行ったのがきのうだなんて、ウソみたい。リースはまだ箱の中。オーママのトランクに入っているはずなので、次に会うときに持ってきてもらおう。しばらくしてプリンスの機嫌が悪くなったので時間を見ると、パリでは食事の時間だ。深夜なのでちゃんとした料理をする気分にはならず、ほうれん草を炒めて、卵かけご飯と一緒に私も食べる。美味しい。夫には時差はないみたい。

そして今日の昼間は旅行の片付け。郵便物の整理。仕事の指示。

明日は雪みたい。過去最大の寒波がやってくるという。

2月9日（土）

きのうはまた夜中の2時から4時まで目が覚めて、4時すぎにようやくプリンスが寝たので私もベッドへ。

起きたら11時半、雪なんてまったくない。雪だったら、パリで使っていたこのモコモコウェアをもう一度着せてプリンスと遊ぼうと思っていたので、残念。

このモコモコも今年で終わりね、出番はパリの1回のみか……。

午後、彼がプリンスと遊んでいるあいだに2時間だけ仕事をする。

オフィスのキャビネットにサンゴの模様のお皿を飾る。留守中に届いていたお月様の写真の額も。長年の友人からの誕生日プレゼント。

今回のパリ旅行で、つくづく、本当につくづく、「私は住むなら日本がいいな」ということを痛感した。この便利さ、清潔さ、安全さ。融通が利かないという難点があろうとも、一応きちんと守られるルール。いろいろと問題はあっても、この国の恩恵をわざわざ失う必要はあるまい。

教育についてもそう。いずれは海外に出ることがあっても、初等教育は日本がいい。初等教育から海外に出るには親（特に母親）が移住する必要が出てくるし、日本語をあとから覚えさせるのは相当の覚悟がいる様子、親のね。転勤などで自然とそうなるケースは別だけど、自ら国外へ出なくていい。

ここしばらく、「海外に拠点を移すこともありだよね」と夫と考えていた。それによって起こることをいろいろと想像し、かなりリアルに真剣に考えた部分もあった。でも結論として、住むなら日本がいい。日本にいながら、海外にちょこちょこ、がベスト。

思えば、大学後にイギリスに留学したときもそうだった。私は海外に住むのは本当に嫌だな、と痛感した。留学して現地になじみ、ずーっとこっちにいたい、と思う人が不思議だった。いればいるほど日本のよさを感じたものだった。やはり「タイプ」ってあるよね。

これが今回の旅の目的だったかも。

夫「意外なところで答えが出るね」
帆「ほんと……ただの買い物旅行だったのに」
夫「引越し先にフランスを考えていたわけでもなかったのにね」
帆「ほんと、どこになにの答えがあるかわからないもんだよねー」

2月10日（日）

起きたら太陽の光が部屋いっぱいに差し込んでいた。
この感じは10時くらい？　と時計を見たら13時半。
「近くに出てるから、起きたら電話して」と夫からラインがきている。

「○○（近くの人気のレストラン）にご飯でも行こうか」と返信しながら、3連休なので一応お店に電話してみたら、今20組待っているという。20組って……。

もっと近くの気楽なほうに電話してみたら、そこも満席で待っている人もいて、人手不足で今日はデリバリーもできない、とのこと。

あっそ、まあ、そんなものかもね。この数年、非常に人気のあるこのエリア。昔は大使館くらいしかなかったのに。昔って、オーママが子供の頃だから、60年くらい前のことだけど。

「じゃあ、家で美味しいものでも作りましょう」と作り始めたけど、内容が次々と変更になる。

はじめに作ろうと思ったタマゴサンドは時間がかかるので待っているプリンスがかわいそうと思ってやめ、そのままゆで卵を作ってパンを焼きかけたけど、ただの食パンでは栄養もない上にグルテンたっぷりなのでやめ、結局和食に。いくらとか、梅干しとか、鮭とか、塩分高めのメニュー。あと納豆。はじめにグレープフルーツ、終わりにヨーグルトとりんご。

食事のあと、プリンスと一緒に公園へ。もう4時近いのでうっすらと日が陰って寒い。近くの公園は遊具がない大人の公園なので、次に近い公園にはじめて行ったら、まああの人だかり。フー、3連休か。たくさんのお父さんやお母さん、この寒いのにシートを敷いて座っている家族もいる。

まったく気が進まなかったけれど、せっかく来たので、プリンスと一緒に数回滑り台を滑り、ブランコに乗り、ボヨボヨ動く動物に乗って、鉄棒にぶら下がる。

帰る。

私にとって、夫のなによりもよいと思うところは、「いつも機嫌がいい」ということ。いつも安定したこの機嫌のよさを目《ま》の当たりにするたびに、「神だな」と思う。

私が結婚に求めていたことは、関係性で言えば、一緒にいると私が触発される相手であること、そしていつでも自由に自分の活動（仕事）をさせてもらえるということ。

精神的自由、これよりも私が結婚に求めていたことはない。かと言って、それは夫が主夫になったり、私が家族を養うということとはまったく違うので（私はそのあたりは古風なので）、私にとって都合のよいワガママな条件であることを自分でわかっていたから、改めて「よくいたな、こんな人が」と思うのだ。たぶん、お互いにニッチな希望を満たし合った関係なんだと思う。

今日の夕食は、甘塩鮭、ナスとネギの味噌炒め、クレソンと油揚げのサラダ、椎茸、がんも、オクラのお味噌汁など。

この1ヶ月ほど、ルンバを動かすとすぐに「ブラシを清掃してください」というメッセージが出て止まってしまう。

あまりに頻繁になったので、「ブラシ、掃除しているんだけどなあ」と思いながら説明書を読んでみたら、私がブラシと思っていたのとは別のブラシのことで、そこを開けたら信じられないほど大量の髪の毛が絡んでいた。この小さなネジにどうやってこんなにたくさんの………、と驚愕。絡みすぎてバネみたいになっていた。あまりにすごいので夫を起こして報告したほど。

2月12日（火）

なんか……また喉が痛い。

今日は時差もなく、六時半に起きることができた。スマホを見ると友達から「今日から、ホホちゃんの時差ボケがなくなる気がする」なんてラインがきている……なんで？（笑）プリンスも8時に起きてきた。

プリンスは旅行を経て、成長した。出先での人への接し方でわかる。なにかを待てるようになったり、表現力が上がるなど、変化の兆しが至るところに感じられる。あの旅のなにが刺激を与えたのだろうと思うけれど、目にするすべてがはじめてというのは、いろいろなものを拓くのだろうな、と思う。

いいなあ、そんな刺激的な旅……とか思ってから、「そうだ、刺激は日本の日常でも受けることができるんだった」と思い出した。

まわりをはじめての目で眺めようっと。

そして日本の心地よさを噛みしめよう。

夕食は、鶏肉のシソとチーズ焼き、キノコのナムル、筑前煮、トマトとクレソンのサラダなど。

2月13日（水）

今日は久しぶりの編集者さんとランチ。南青山の小洒落たレストラン。隣に教会までついている。

編集者さんのお子さんは、もう小学生だって。男の子の子育ての「あるある話」で盛り上がる。

お土産に、息子にぴったりのものをいただいた。

ちょうど買おうと思っていた動物や乗り物の絵のカード。昔はよく、その時期の新刊をお土産にいただいたものだったけど……お互いに年月が経ったんだね。

あんなに食べたのに、戻ってからお菓子をパクパク食べる。

日本に帰ってからお菓子がとまらない。

高級菓子からスーパーレベルまで幅広く、とどまるところを知らず……。

2月14日（木）

「今朝の空は、なんだか希望にあふれている気がする」

とリビングに広がる空を見て私が言ったら、

「うん、わかる」

と夫。本当だろうか。夫の返答はいつも適当。

最近のプリンスは、鳥の声が大好きで敏感に反応する。

さっきもそうだった。朝食の途中、外で鳥の声がしたかと思うと、「あ」と外を見て、耳に手を当てる仕草をしていた。それからしばらく、ふたりで窓を開けて鳥を眺めた。カラスや姿の見えない綺麗な声の鳥たち。

9時半頃、「いつものあそこ」にお参りに行っていたウーちゃんとチーちゃんが遊びに来た。いつものカフェにデリバリーを頼む。今日は空いているみたい。

パリでのお土産を渡して、ひとしきりパリの話。

このあいだ、ルンバに髪の毛が絡まってすごいことになっていた話をしたら、それに勝る「カマドウマ事件」の話をしてくれた。ある日、ウーちゃんが自分の別荘に行ったら、玄関からリビング、キッチンにかけて一面、カマドウマの死体が転がっていたらしい。床が真っ黒に見えるくらい。キャー、なにそれ、考えただけでゾッとする。

それを掃除機で吸ったらすぐに詰まって動かなくなったので、紙パックを交換したけれど、まだ動かない。よく見ると、吸い口のところになにかが詰まっているのでとってみたら、黒く丸まったボールのようなものが出てきた、それはカマドウマの大量の死体が丸まったものだった……。

「おはよーございまーす
私たちは
ここにいまーす」
と、太陽に…？
宇宙にアピール

チ「それをさわっちゃった瞬間ね、私は叫んだわよ、ぎゃあああああって」
ウ「それを聞いた私は、状況がわからなかったけど、キャアアアアって逃げたのよ」
オーーー、それは気持ち悪い。
ウ「でも不思議だったのがね、そのカマドウマ、みんな小さなサイズの子供だったんだけど、死体がみんなペッタンコだったの」
それは不思議……。
帆「巨人が住んでいるんじゃない？（笑）」
ウ「いやほんと、そんな感じなの。でもね、ペッタンコでも体の内容物が出ているわけではなくて、そのまま綺麗にペッタンコなの」
チ「私の考えではね、まあ、何かの理由でそこで大量に死んだ、それが寒さで凍って、解凍したときに体内の水分が出ちゃった」
帆「体内の水分が出るとぺったんこになるの？」
チ「わからないけど（笑）」
なんで大量発生したのか、なんで子供だけなのか、なんでペッタンコなのか……。
「これは事件の謎を解いたほうがいいね」
なんて話して楽しかったけどたしかに不思議……。
それから、数年前にウーちゃんと一緒に行った三重県の神明神社（石神さん）にまた行きたいね、という話になる。

「女性の願いをひとつだけ叶えてくれる神社、だっけ？」

「正確には最低〝ひとつはかなえてくれる〟だから、ふたつ以上でもかなえてくれると思うよ」

前回の私のお願いを覚えている……あぁかなってるね、そう言えば。

「じゃあ、神明神社に行きつつ、プリンスには鳥羽水族館ということで、伊勢志摩のあたりを旅行しない？」ということになった。

2月15日（金）

きのうは大好きな人たちとたっぷりしゃべったので気分がいい。みんなが帰ってプリンスと昼寝をしたあと、部屋を丁寧に片付けた。

今日は、家族の用事で朝から出かけて昼すぎからネイルに行く。

いつもの若きネイリストは今日もマイペース。「浅見さんの家は、家族写真は飾ってありますか？」と聞くので、全面に大小様々な額を飾っている壁面を見せる。

「額の色を同じにして、たっくさん飾るとサマになるよ、ポイントは中央から周りに広げていくの」とお勧めした。

AMIRI、新作に向けて順調に進み中。今年はいろいろ作りたい。

チーちゃんがきのうの忘れ物を取りに来るついでに、美味しい食べ物をたくさん届けてくれた。手製のビーフシチュー、人参のポワレ、それにサラダ2種と野菜ポタージュ、夫が好きなポテトサラダと、プリンスのためのイチゴも入ってる。ありがたい……。

2月16日（土）

夫がゴルフに出かけた穏やかな土曜の朝。朝食が終わってボーッとしていたらオーママが来た。今日は、オーママが壁の絵の続きを描く予定。新しい絵だ。

まず大きなベニヤ板を壁に吊るす作業。板に穴を開け、そこに紐を通して輪っかを作り、天井から下がっている絵画用のフックに輪っかを通す、と思ったら、これだとフックの部分が表から見えてしまうので、穴をもうひとつ開けて紐の通し方を変えなくてはならない。

帆「面倒だね……」

オ「これくらいの変更なんて、しょっちゅうあるわよ」

こういうことがまったく苦にならないオーママだからできること。

ベニヤに白いペンキを半分塗るところまでで今日は終了。プリンスの背が届くあたりから下は塗れないので。

寝室の気になっていたところと、キッチン横の棚の掃除ができてスッキリ。

すぐに夕方になってあっという間に夜がやってくる。
今日のプリンスの夕食は野菜たっぷりのそぼろと鮭、トマト。

思ったんだけど、同じマンションに住んでいる人同士というのは、なにかの団体やグループに属している者同士より、よっぽど価値観や感性が似ているんじゃないかな。住む場所として同じエリアを選び、まして同じ物件にご縁があるというのは、同じような価値観で、同じタイミングでそこに住んでいるのだから。その範囲内に様々な人がいるのは当然だけど、ある程度、同じ種類の人たちだよね。暮らしの価値観が同じ、というのは大きい。
「マンションというのは、そこに住んでいる人たちの雰囲気も丸ごと買うということだから」と、よく父が言っていたけど、本当にそうだと思う。

2月18日（月）

月曜の午前中は、たいてい「まぐまぐ」を書いている。この連載もすでに4年目。ふと気づけばアメブロも3年目、共同通信に至っては7年目（ん?もっと?）になっている、いつの間にか……。

午後、友達一家が遊びに来た。この春に3人目が生まれる友人と、子供ふたり。プリンスは大喜びで、上のお姉さん（5歳）の隣にぴったりくっつき、一緒におやつを食べている。

それから家の中を3人で走りまわって……。

彼女は相変わらず色っぽく、ご主人のことを愛していた。その不思議な色っぽさを見るだけでも、会う意味がある、と毎回思う。


夜は友達が私の誕生日のお祝いをしてくれた。

このふたりとは、去年くらいからじっくりといろいろなことを話し込めるようになった。純粋に「話し込むのが楽しみ」と思えるふたり。いろんな話、たとえば旅先での話を深いレベルでできる人と、まったくできない人って、いるよね。あれはなんだろう……そういう人には、こっちも深い話をするつもりはないし、まぁそれでいいのだけど。

おしゃれなふたりと会うので、グレーのぴったりとしたニットジャケットに、去年買った、お尻まわりが特徴的に膨らんでいる乗馬パンツを合わせた。スエードの模様が張り付いているパンツ。それに、パリで買ったアクセサリーをつけていこうっと。

中目黒にある中華料理屋さんだった。別の地域にあった1店舗から始まったのが、味に評判がたち、今やＧＩＮＺＡ ＳＩＸにも入るようになったらしい。うん、たしかに美味しいね。印象に残るね。


その人の「人生のテーマ」ってある。ひとりが話した「今直面している状況」は、実は前の職場でも同じようなことがあった、と言っていた。そういうこと、あるよね。私、また同じ状況になっている、とか、また同じことで悩んでいる、というパターンのようなもの。

でも、それが実は自分の人生のひとつのキー。私にもずっとそれがあり、薄らいだように感じても、なにかをきっかけにまた表面に浮きあがってくる思いがあってずいぶん続いたけど、あるとき（去年くらい？）それがすごく吹っ切れたことがあって、それ以降ちょっと突き抜けた感がある。悩みと言うほどのことではなく、陥りやすい思考パターンのようなもの。

それがもっと大きくなって、「トラウマ」とか「自分を縛っているもの」と表現する人もいるだろう。でも、それをきっかけに器《うつわ》が広がったり、まぁ簡単に言うと成長するきっかけになったりする。その証拠に、それが吹っ切れると、本来やりたいことや長年とまっていたことが進み出したりする。きっと、それがネックになっていたから進まなかったのかもしれないけれど、それをきっかけに器を広げることになるので、やはり、それすら必要なことなのだろう。それがあったから、ステージが上がって（成長して）、人生のシナリオがひとつ展開したんだ。

食事の最後に、中国のお祝いの定番である桃饅頭が出て来た。この形だけで笑える。……「ザ！桃！」。鮮やかな黄緑の葉っぱまでついて。ナイフで中を割ったら、大きな空洞の中に人数分、小さな桃饅頭が3つちょこんと入っていた。

「あのさ（笑）、本物はもっとあふれるくらいに桃饅頭がこぼれてくるんだよ」

「なぜ……人数分？（笑）」

とふたりは言っていたけど、私は桃饅頭自体がはじめてなので、人数分でちょうどよかった。ああ、最後まで笑った。

2月19日（火）

人の欠点って、治ることはないと思う。その人がそれを「欠点」と自覚して本気で変えようと思わない限り。変えたいと思っても難しいくらいだから、誰かに指摘されたくらいでは時間の経過とともに忘れてしまうのだろう。

と言うか、それはその人の欠点ではなく個性なんだよね。もうその人の一部。この人はこういう人なんだ、と思って付き合うしかないし、それが本来の付き合い方だ。「また同じことをやっている（やっぱり変わってない）」なんてガックリするのは、ある意味傲慢、こちらが相手を変えようとしているからだ。

2月20日（水）

はぁ、これからなにをしようかな、という自由な気持ち。

退屈で変化が欲しい、とも言える。

何冊かお待たせしている本の出版と、ファンクラブの活動と「引き寄せを体験する学校」と、AMIRIのデザイン以外は、空白。

でも今はこんな感じでいいんじゃないかな。今、私は、これからのなにかに向かって大きくジャンプするためにしゃがんでいる準備段階な気がする。

なにも準備してないけど。

2月22日（金）

久しぶりにきた、この夜中に際限なく目が冴える感じ。

今、2時半。9時すぎにプリンスと寝て、12時過ぎに彼が帰ってきて目が覚めて、そこから元気になったので、深夜、楽しくいろいろと作業する。

「引き寄せを体験する学校」のコメントを読んでいて思った（賛同した）のだけど、今後はますます、自分ではない他の誰かの基準（だけ）による選択はしたくない。大きな選択でも、買い物レベルの小さなことでも。

たとえば、「なんにでも合わせられて便利な服」とか、「まったく興味はないけれど、『普段はこの値段で買えないよ』と言われた物」とか、「今、人気のある物」など。これを「洋服」や「物」ではなく、別のものに変えてみるとわかりやすい。それを好きかどうか、心に聞いてみる。すると、すぐにわかる。

わぁ、今、キッチンに行ったら、すごく懐かしいにおいがした。おばあちゃまの家の台所のにおい……里芋の煮物だった。

2月23日（土）

今日はホホトモサロン。

今回印象に残ったのはこういうこと。

ある人が、年末から今年にかけて仕事関係で思わぬトラブルに巻き込まれた。そのトラブルはなかなか珍しい状況で、そんなひどいことになるなんて……という種類のもの。いくら少しは本人にも責任があるとはいえ、巻き込まれた感覚のほうが強い状況だ。

でもそれを聞いて、私は「これもきっとよい変化のきっかけだろうな」と思った。というのは、実は彼女はこの数年、長いこと家族が抱えていた悩みがよいほうへ解決し、それ以上のラッキーなことがたくさん起こっていた。それは彼女いわく、「帆帆子さんのアドバイスの通りにしたらそうなった」らしいけれど、間違いなく彼女自身の行動力と意識の力だ。

つまり今、彼女は流れに乗っている。その流れの続きで起きた今回の出来事だから、それだけが悪い結果になるはずがない。それも引き続き、大きな改革のきっかけとなるはず……と思ったのだ。

実際この方は、これをきっかけにすでに新しい道に進み出していた。もちろんはじめは気持ちが落ち込んだそうだけれど、これもきっとよいほうへ展開するだろう、と思い、これまでの仕事は、自分が好きで望んでなったものではなかった、ということを思い出したという。そこで頭のよいこの方は、さっさと次の仕事へ向かって準備を進めていた。

あっぱれ！　思わぬ変化が起こるときは、思わぬ変化ができるときだよね。

もうひとつ印象に残ったのは、心に思ったことは言ってみたほうがいいな、ということ。今日、私がなにかを話し出したら「ちょうど今そのことを考えていたんです」とか、一度話すのをやめたことをあとからやっぱり話しておこうと口にしたら、「正にそれを聞こうと思っていたんです」と言われるようなことが何度かあった。「それ、今言おうと思っていた」ということを別の人が話し出したりして……、最近、こういうことが多い。

打ち合わせの席で、ふとあること、目の前の話題に関係ないことが心に浮かんで、それが気になるのでためしに言ってみたら、「それを聞いて大事なことを思い出しました」とか言う人がいたり……。相手が無意識レベルで望んでいることを私のなにかがキャッチしているのかもしれない。

逆から言えば、自分の望んでいることが人の口を通してやってくるということだ。まわりのあらゆるものが、自分へのメッセージを運んでくる。

これがもっと進めば、たとえばその「ふと浮かんだこと」を通りすがりの見知らぬ人に話しかけてそこから答えを得る、くらいのことができるようになるんだろうけど、さすがにそこまでの勇気は今の私にはない。そんなことができるくらい、自由になりたいものだ。

今日もとてもいい会だった。また次回が楽しみ。


さて、一度家に戻り、急いで着替えて夜は「ピグミン会」。

六本木にあるイタリアンで私の誕生日をお祝いしてもらう。

このメンバーと話すのは本当に楽しい。食事のあいだ中、ずっと楽しい。

いい気分で帰り、夫にあれこれ報告する。


そして今、明け方4時。どうしよう、この「寝るのがもったいなくてしょうがない」という感覚。このまま朝を迎えてしまうと、昼間眠くてどうしようもなくなるに決まっているんだけど、もったいなくて寝れない。

黙々と仕事をこなし、本を読んだり、片付けものをしたりして幸せ。


きのう、友人たちとの楽しい食事会から戻ったとき、急に「いい友情関係」という言葉が浮かんで、一生懸命アメブロに書いた。

私が思う「いい友情関係」とはこういうこと（以下、アメブロより抜粋）。

最近、私の誕生日で親友（心友）と集うことが多いので感じることですが、私が思う「本当にいい友達関係」の条件は、

1、お互いに依存していないこと（お互いが自立していること）
2、お互いの仕事が重なっていないこと
3、お互いをリスペクトしていること
4、経済感覚が（ある程度）一緒であること

だとつくづく思います。
細かいことを言えばもっとあるかもしれませんが、大きく言うと、これ。
「お互いに依存していない」というのは、
片方が片方のなにかに頼っていたり、上下関係があったり、
そこにパワーバランスの偏りがある場合は成り立ちません。

これは相手に対してだけではなく、
自分以外のなにかに極度に依存している場合も難しくなります。
依存性の高いもの、たとえば、お酒、お金？　女性？　占い？笑
……その他、「それがないとやっていけない」というレベルで、
自分以外のものを精神的な拠り所にしてしまっている場合です。

2番、「お互いの仕事が同じ分野」の場合は、
どうしても比較の対象になりやすくなります。
そこに仕事上の付き合いがあればなおさらです。

同じ団体に属している、というような共通項も実はないほうがいいような……。
何かの団体に属しているとき、
目的が同じだけで、価値観やお互いの環境まで同じだと勘違いします。
その属性を離れた話で盛り上がることができなければ、
長い友人関係は築けないような気がします。
そのグループ内では築けたとしても、
それは外を拒絶した閉じているエネルギーなので、
私がイメージしている「いい人間関係」とは違います。

そして3番、相手の仕事、ものの考え方、なんでもいいのですが、
たったひとつでも深いリスペクトがあり、
お互いに認め合っていることはとても大事……、
これが「信頼」ということにつながる場合もあります。

ここでも「お互いに」が大事。
片方が片方を絶賛しすぎていたり、
憧れになってしまっていると……また別物に……。

4番はリアルな話ですが、
全体的な量の話ではなく、「なににお金を使うか」という感覚が
ある程度一緒の人、という意味です。
つまり、センスですよね。

ですがこれも、3番を満たしていると、
多少違いがあっても認め合うことができるような気がします。
近しい人や本の読者さんは知っているかもしれませんが、

実は私、友達はすごく少ないです。
そして、実はどんどん広げようとまったく思っていない……笑
私にとっての少数精鋭と穴倉にいるような気持ちで深め合うことが好き……。

今日も夜中にすっごく幸せな気落ちで目が覚めて、
なんでだろう……？と考えてみたら、
昨晩、そんな少数の友人たちと時間を過ごしたからでした。

2月26日（火）

午前中、年度末なので会計事務所の先生と税理士の先生が事務所に来る。

オーママとプリンスも一緒に1年間のご挨拶をする。

1時半にダイジョーブタのキャラクター展開をしてくださる会社の人たちと打ち合わせ。

アフタヌーンティーのみ席の予約ができたそうで、男性3人の前にアフタヌーンティーセットが並んだ。その後、「引き寄せを体験する学校」の打ち合わせ。


オフィスの棚を整理していて、見るたびに、それがきっかけでモヤッとしたことを思い出すものを処分した。高価なものだけど、見るたびにその気持ちになるものを、この居心地いい空間に置く必要ある？　ぜんっぜんありません！と思って。

2月27日（水）

きのうとは打って変わってなにもかもがはかどらない日だ。

たまにプリンスと顔を見合わせて微笑んだりしつつ、だらだらと過ごす。

「家にいられるのって幸せだよね」と言ったら、「ん?」だって。

夜は、「SUGALABO」。うーん……。

3月1日（金）

朝、「いつものあそこ」へお参りに行く。1日は縁日が立つ日なので、そのためか人が多い。いつものルートでお参りをして、お稲荷さんとお赤飯を買って帰る。

最近、体調がよくない気がする。

数日前から食べすぎているのが原因か。バランスが悪いというか、グルテンを摂取しすぎというか。帰って、午後の用事まで昼寝しようと横になったけれど、だるくて眠いのに眠れない。

このままじゃダメだと跳ね起き、ここは気合を入れようと、「エイエイエイエイエイエイエイエイッ!」と邪気を祓《はら》い、テンションの上がる洋服に着替えた。するとなんとなく晴れた気がした。

3月2日（土）

新しい月に入ったというのに、なにもやる気がしない。体重が一段太った状態で安定した。でも、もういいや、と思う。引き続き、好きなものを好きなときに食べることにしよう。

ああ、なんか打ち込めるものが欲しい。

「それだけいろんなことやっているのに？」とか言われることがあるけれど、何事も、慣れるとその人の日常になるよね。4月からプリンスをめぐる状況も変わるから、少しは変化があるかな。

ウー&チーがレンタカーを借りて待っていてくれた。もう本当にこのふたりとの旅は、いたれりつくせり。ここから伊勢志摩へ向かう。

そう言えば、ここで書いているチーちゃんのことを、ある読者の方が全然違う人のことだと思っていたんだって。フッ（笑）。

まあ、そういうことはあり得るだろう。他の人はあだ名で書いているけど、このふたりだけは名前の一文字をとってるみたいに読めるしね。

プリンスは、一番後ろに座っているオーママの隣で、なにやらコチャコチャといろいろなことを話している。合間に「チーちゃん」なんて言いながら。

今日は快晴。本当に気持ちのいい日だ。

今日の目的の「神明神社（石神さん）」に着いた。数年前、はじめて来たときの状況を思い出す。

ああ、今振り返ると、あの頃は地獄。当時はそこまで感じていなかったけど、今から比べると……。年々よくなってきているのでうれしい。

あれ？と思うほど、立派な社殿に建て替えられていた。

「繁盛してるねーーーー」とみんなで笑う。

あの頃は、たしかお守りを買う社務所のあたりを子供が手伝っていて、妙にアットホームな家族的な感じがしたものだけど、今では全然。

自宅からお願いごとを送ればここでご祈祷《きとう》をしてくれる、という申込書があったので、次回のホホトモサロンの皆さまの分をいただく。それからこの可愛いお守りも。

立派になった社殿でお参りをして、立派な木の下でみんなでおしゃべりをする。このメンバーでここに来ることができて本当にうれしい。


伊勢志摩ホテルにチェックインした。新しいほうの宿泊棟。とても広くて、造りがよかった。ベッドとリビングの仕切りの感じとか。これからのワンルームはこんなふうに作るといいね、という参考になるほど。

窓からは冷たそうなプールが見える。

こちら側にはゆったりしたジャグジー。ここもいい造りで、アメニティもいろいろなものがずいぶん豊富。

子供用の歯ブラシとスリッパもあった。ソファやテーブルも大きくゆったりしているし、ここはいいね。

夕食まで、展望階にあるスペースでお茶をいただきながらおしゃべりをする。空中庭園にも出てみた。

庭園の先に、伊勢志摩サミットで写真を撮ったときの各国首脳の立ち位置が残っている台があった。台に乗って写真を撮った。後ろの景色は建物がひとつもなく、水と緑が夕焼けに染まって美しい。

夜は、フレンチのレストランへ。ウーちゃんとオーママがエビのコース、私は牛肉、チーちゃんもたしかお肉料理、プリンスにはオムライスとコーンポタージュ。とても美味しかった。

このホテルは総合的にとてもいい。

夜は、みんなでおしゃべり。このメンバーといると、「それを好きだから」という理由だけでいろんなことが決まっていく。

3月6日（水）

きのうは深く眠った。寝心地のいいベッド。

プリンスとジャグジーに入る。いい景色だ。

朝食ビュッフェをいただいて、チェックアウトして、鳥羽水族館へ。

プリンスは入ってすぐの大きな水槽に惹きつけられたようで、張りついて見ている。大きいねぇ、向こうからマンボウとか、サメとか、なんでもありの水槽だ。それからペンギンを見たり、マンタを見たり、小さなこがわいいイカを見たりしながら、本日のメインイベント「セイウチショー」へ。一番前の席に座った。ウー&チーは、会場を挟んだ向こう側の前列に座り、私たちの写真を撮ってくれている。

来た、セイウチ。すごい大きさ。お兄さんの関西的なトークに乗って、様々な芸をさせられている。腹筋とか。途中お決まりの、会場からお客さんを呼んで輪投げをするのがあったのだけど、一投目、間違えた方向に投げてお兄さんが突っ込むあたりとか、そのあとはぴったりのところに投げて完璧なところとか、お客さんと事前に取り決めてるのかな……とか考えてしまった。

最後に、客席のすぐそこまで来てさわらせてくれるプログラム。

「ああ、プリンス、さわらなくていいよーさわらなくていいよーー」と思っていたけれど、ペチペチと叩いていた。アナウンスでも「さわったあとは手をよく洗ってください」とか言っているし……。

アザラシも見て、満足して水族館をあとに。一路、東京へ。

充実した旅だった。

3月7日（木）

フー、きのうの旅行で少しやる気が出たけど、まだまだだ。

最近の話を父と話していて、「なんだか生活に変化がなくて」と言っているから「私も！！！」と言った。

「オーママみたいに一日中プリンスの相手をすると、そんなこと感じる間もなく寝られるよ」と言ったら、「それはいいよ、大変だから……プリンスが」とか言っていた。

昼間、彼からラインがきて、「今日から1週間、これと同じメニューでお願い」とある。URLを開いてみると、断食のプログラムだった。

基本的に人参ジュース3杯で、あいだに黒糖入りの生姜湯や具なしの味噌汁などが入り、梅干しは食べていいという……ああ、あれね。いきなりこれは、続かないんじゃない？と思ったけれど、やる気モードになっているときはそういうものだから、この通りに用意してあげることにする。

私もずいぶん前に、これと同じメニューの断食宿に行ったけれど、帰りにホテルのビュッフェに直行したりして、ダメだった。

この数年で思うのは、「あんな……お金を払って食べなくするなんて、日本って……トホホ」ということ。でもここに行ったことで（もっと長期とか、定期的にとか）体質改善になったり意識が変わったりする人もたしかにいるだろう。

まぁ、食事を用意する私としては急に楽になった。もともと会食が多いので家に食べる日は少ないけれど、さらに楽。

エクステに行ったら、長いことお世話になっていたエクステ担当の女性が3月いっぱいで辞めることになったと聞いた。別の仕事につくらしい。そして、エクステができる女性スタッフは4週間に一度しか来ないという。

男性スタッフはいるけど、顔をさわられるのが男性というのは気が進まない。かと言って、4週間に一度ではネイルもエクステも持たない。新しい人が見つかるまで、別のサロンを探すか、同じ系列の別の場所のお店に行くしかなさそう。

まあ、これも変化のとき。お、きたね、変化が。こうやって小さな変化から大きな変化へ……と期待する。

帰りに野菜ジュースを買う。それと生姜、黒糖も。スーパーには無農薬無添加のジュースは売っていないので、とりあえず食塩を入れていない野菜ジュースとトマトジュースを買う。ネットで無添加無農薬の野菜ジュースを注文する。

3月8日（金）

断食宿のことから思ったことだけど、一見、存在意義がわからないように感じることでも、それを頼りにしている人もいることを思うと、世の中の見えない「持ちつ持たれつ」と言うか、なにかを一概に決めつけることは本当にできないなと思う。

たとえばすっごく嫌な人（ヤツ）だとしても、その人にも家族があり、その人を頼っている人もいたりするし、めぐりめぐって誰かを助けることもしているはず。

そう思うと、すべての人に優しい気持ちになる。そして、ますます自分の世界を生きるしかないな、と思う。だって他人のことはわからない。見えているところはごく一部だし、どんなに知ってもその人の一部にすぎない。他人のことはその本人にまかせるしかない。

お昼から明日の講演会の準備。ひとりリハーサルをしながら、「明日がすごく楽しみ」というといういつもの気持ちになったので、リハーサルを終える。

今日も、彼は朝と夜に断食メニュー。ランチに会食があるそうなので、「それは楽しみだね」と言ったら、「いや、今は食べなくても全然平気」とか言ってる……プププ。

3月9日（土）

今は水星の逆行だそうなので、しばらくは早めに家を出よう。

私のよくあるパターンは、出かける1時間くらい前から準備万端なのにいろいろやっているうちに結局時間ギリギリになって慌てるというもの。なので、予定より20分早く家を出る。

そう言えば、去年、この講演会に行く前に、今住んでいる自宅の部屋がこれから入居募集をするということを、ご縁あって教えてもらったんだった……。この講演会は縁起がいいのだろう。

今日は春のような暖かさ。

着いて、いつもながらの担当Yさんの穏やかな運びでリハーサルも終わり、控え室でサンドイッチをいただく。そうそう、これも去年と同じ……思い出した。あとはもうあっという間。サイン会をして、帰る。

この朝日カルチャー新宿教室のYさんと、大阪教室のFさんは雰囲気が似ている。同じ組織に属するもの同士だからか。
帰って、夫と話しながら、講演会のあとは必ず開けるシャンパンを飲んでいい気分になっていたら、やる気全開モードがやってきた!!
眺めのいい部屋の窓から、夕日を眺める。
帆「ここはもう……ハワイだよね」
夫「今絶対、それ言うと思った（笑）」
帆「いつか『こうなるとは思ってもいなかったけど』とかいう楽しい状況になってそう」
彼「思ってるじゃん、ほほちゃんは、いつも（笑）。思ってもいなかったけど、なんてこと、ないじゃん」
帆「……アァ、そうだね（笑）。ハハハ、ほんとだ」

10時頃に寝て、2時すぎに目が覚める。
彼の断食に付き合って夕食をお味噌汁だけにしたのでお腹が空いて空いて……卵かけご飯

を食べた。
今、思い返すと、きのうの講演会は、あれも話すのを忘れていた、とか、あの質問にはもっと上手に答えられたな、など思うことがいくつかある。でも今回はあれでよかったのだろう、と思う。

3月10日（日）
気だるい日曜日、彼はゴルフ。
今日はプリンスをいつもの遊び場所に連れて行こうと思っていたけど、朝食後に衣替えをしていたら、転んで、広げていたトランクの角におでこをガツンとぶつけて大泣きしていたので、今日はやめよう。ゆっくりしよう。
このあいだの鳥羽水族館での映像を、戻ってきてから毎日のように見ているプリンス、今日も朝起きてすぐに3回見た。セイウチの。

きのうの講演会でいただいた手紙に、こういうものがあった。

「（前略）結婚してからもいろいろと、それはもういろいろとありましたが、
夢を持ち、前を向いて、くさらず、立ち上がり
（中略）そしておかげ様で今の幸せを手にして思うことはただひとつ、

何も無駄なことはなかった！です。

「大丈夫だった！」です。

考え方のクセ、心の持ち方のクセでこんなにも変化できるものなんだ！

ともっとラクに楽しもうと思えるようになりました。

ありがとうございました。」


同じような感想を伝えてくれた人が実はきのうのサイン会に3人いた。「いろいろあったけど、大丈夫でした」という……。

いいね。全部、先から見れば通過点。トラブルであれば必ず終わりがくるし、望んでいることも、そこを向いていれば、そうなる。大丈夫なのだろう。私自身のこれまでのことを振り返ってもそうだった。もちろん、はじめに望んだ通りにならなかったこともあるけれど、それはいきなりそうなったのではなく、いろいろなことの流れの中で自分で納得しながら進んだ自然な結果だ。だからその結果も、「こうなってよかった」と納得したことばかり。そう、あれもこれも、あとから見たら大丈夫なのよ……。

幸せな気持ちで本を読む。


夕食は、ほうれん草とアボカドのサラダ、焼き魚（鮭）、ネギ味噌だれの揚げ出し豆腐、さつまいものお味噌汁。

プリンスはセイウチのぬいぐるみを抱えて、食い入るようにセイウチの画面を見ているので、「Planet Earth」のような番組でセイウチの映像を探してあげる。

3月11日（月）

東日本大震災から今日で8年。まだ8年とも言える。そのあいだに、国が主導で進めている復興はどこまで進んだのだろうか……。

あの年、私は廣済堂出版主催の、2日間にわたるはじめてのイベント「ホホコカフェ」をやって、その秋にはじめてハワイツアーをやって、そこからファンクラブに発展していったので、とても印象に残っている。

あのときの私と今の私が同じだなんて、信じられない気持ち。

今日から軽井沢だ。

朝の7時からいろいろと準備、延ばし延ばしにしていた電話連絡や、宅急便の手配、緊急ではない仕事関係のことなど、たった2時間ですべて終わった。数週間も延ばしていたというのに……。

終活ってこういうことかも、とふと思う。

来週もし本当にそうなるとしたら、今すぐできることがある、という。

このあいだの講演会でも似たようなことを話した。

あなたの夢や望み、それが半年後に本当に起こるとしたら、今、どうする？というのが本当に効果的なイメージングというものだ。

たまたま結婚やパートナー探しの話が例に出ていたので、私の場合を話した。たしか私のときは、半年後に本当に結婚が決まってしまうとしたら……と想像してすぐに思いついたのは実家の自分の部屋の掃除だった。結婚して引越しするとしたら、と考えると整理したいものがたくさんあったし。

それから旅行。さすがに結婚したらこれまでと同じように気楽に海外に行くことはできなくなるだろうと思って、すぐに旅行をした。3週間ほどイタリアへ。あれはいい旅になった。「あのときに行かなかったら実現しなかったと思うわ」と今でもたまにオーママが言うくらい。

それが半年後にそうなるとしたら……という想像はすごく楽しい。そして、結構やることがたくさん出てくる。

軽井沢は久しぶり。去年の夏以来だ。

行きの車、プリンスはぐっすりと寝てくれたので、オーママとゆっくりおしゃべりする。読者さんからのお手紙にあった「あとから振り返ったらすべて大丈夫だった！」の話をした。そしてそれによって、自分でも驚くほど心穏やかになったことも。

オ「そういうことってあるわよね。これまでもわかっていたけど、もっと本当に深くわかった、っていうこと」

オーママの場合は、「考えて憂うつなことは考えなくていい」ということだったらしい。

自分の意識を別のところに向ける、向けていい、ということ。

オ「これまでもわかっていたけど、もっとほんっとうにわかったのよ」

帆「一段深くわかると、これまでも楽しかったけど、もっと本当に楽しめる感じになるよね」


ツルヤで買い出しをして、家に着く。管理の人が床暖房を入れておいてくれたので、寒くない。今年はもっと気楽にちょこちょこ来ようっと。

初日の夕食メニューは、お決まりのお刺身オンパレード。赤身、トロ、鯛、ホタテ、タコ、ブリ、ハマチなど。なにより、鯛が美味しい。

3月12日（火）
水星の逆行ってあるねぇ。
さっきスタッフから連絡があり、ファンクラブの更新をお知らせするメルマガが皆さまに届いていなかったらしい。3月いっぱいは気を引き締めよう。

今日はまず、プリンスと散歩だ。

「お散歩に行こう」とプリンスを誘う。部屋の天井近くに並んでいるたくさんのカゴの中のひとつを指差してなにか言っているので、一番小さいカゴを持たせて外に出る。

あるある、松ぼっくり。季節ではないので踏まれているものや、小さなものが多いけど、拾う人もいないのか結構残ってる。それを「あった！」「あったー！」と見つけて無邪気に駆け寄るプリンス。土がついているものは「バッチッチ」なんて言って地面に戻してる。そんな言葉、いつの間に……。

カゴいっぱい拾って帰ってお風呂に入ろうとしたら、プリンスはまた嫌がって入らない。前、ここにビニールでできた大きなアヒルがいて、それ以来、ここのお風呂が恐いらしい。「あれはもういないよ!?」と見せてもダメなので、私はひとりでゆっくり入る。

そこで読んだ本が面白かった。ここに置きっ放しになっていた本（誰かの忘れ物？）で、天使を見る方法なんてものが書いてあった。ところどころ読んでみた感想は、「そんな小さなことにも偶然はない」というものだった。たとえば、目の端にキランと光るなにか（光？）を見たときも、「天使が通っている」ということらしい。

そうなんだ……（笑）。そうかもね、それを信じよう。そのほうが面白いから。

出て、それをオーママに話したら、「あら、そういうことよくあるわ」と言っている。光がチカチカ見えること。

オ「でも年をとって目が悪くなったからだと思ってた」

帆「それ、全部、天使ってことよ」

ここにある電子ピアノを自宅に持って行こうと思い、運送会社を調べた。はじめに電話したところは長野市内から出発するもののみ対応ということでダメ。次に電話したところは、はじめはぶっきらぼうだったけれど、話をしているうちに親切になってきて、私たちが帰る日までに取りに来てくれるというので、そこにした。

今日の夕食も、私はきのうと同じようなメニュー。鯛、ブリ、マグロのお刺身をたくさんと、パツパツに硬くて青筋のたったトマトをたくさん。それとお味噌汁。

オ「あなた、そんなのでいいの？」

帆「え？　ご馳走じゃない？」

夜はプリンスをあいだに挟んで3人でゴロゴロする。

またセイウチの映像。今日も20回は見た……セイウチ、セイウチ……変な名前。

3月13日（水）

軽井沢に来てから、プリンスと一緒に9時には寝ている私たち。この数年、寝られないのが悩みのオーママもぐっすり。

プリンスはここでも、朝起きると窓を開けてとせがんで、じーっと鳥の声を聞いている。

朝、いつもお世話になっている建設業者のYさんがやって来た。床暖房を入れたり、冬のあいだは水道管が凍らないように水抜きをする作業もしてくれているYさん。

私は初対面。意外、こういう雰囲気の人だったとは……。デッキや玄関を改装するらしく、オーママと打ち合わせをしている。プリンスも近くに立って神妙に聞いている様子。


Yさんが帰って、今日はまず「カインズホーム」に行って、ペンキとプリンスの文房具などを買い、「エルツおもちゃ博物館」に行く。去年の夏に行ったときより大きくなっているので、ずっと反応がいい。入ってすぐのところにある木馬を指して「うま!」と言っていた。人はまったくいない。私たちの他に出会ったのは中年のカップル1組。

最後の「ドイツの木のおもちゃ」のコーナーで小一時間ほど遊ぶ。複雑に積み重ねることができる積み木、木でできた動物パズルなど。人の体内を知るための「臓器パズル」は気持ち悪かった。

前回来たときも思ったけど、「こういうのを見ると、最後になにか買いたくなるのに、ここはショップがないよね」と、ミュージアムショップがないことを残念がっていたら、出口を出たあと、外につながる渡り廊下の先に大きなショップがあった。

展示室にあった木彫りのおもちゃの兵隊さんとか、クリスマスのオーナメントなど、ドイツからの輸入品が並んでいる。イースターのカラフルなペイントがされた大きな卵の入れ物とか、ちょっとした刺繍の付いているポーチなど、可愛い。

プリンスに、ちょっとしたおもちゃを買う。

帰りにまたツルヤに寄って、食材を補充。

ひとりで好きなものを好きな時間に好きなように食べる幸せ、これって結構、人間の本質的な喜び（欲？）じゃないかな。

夜、軽井沢のネイルサロンを調べてみたら、よさそうなのがあったので、さっそく、行ってみることにした。電話したら空いていたので。

個室でボソボソといろんなことを話しながら綺麗にしてもらった。ここ、いいかも。軽井沢にいると暇だし、プリンスも見ていてもらえるし、タイミングが合えばまた来たい。

3月14日（木）

朝、カーテンを開けたら雪が積もっていた。

「ワーーーーーー」とプリンス。

暖炉をどんどん燃やそう、と思うだけで楽しい。

電子ピアノを取りに来てもらった。

きのうのネイルサロンで聞いたけど、軽井沢も徐々に中国人が所有する土地が増えているという。そう思っていたら、なんとうちの前の広大な土地が売れていて、立て札にたぶん中国人と思われる名前が書いてあった。

「ちょっと、あれ見た？」と言ったら、

「よかったわぁ！　これでうちの庭が明るくなる」とオーママ。

うちのテラスの一部の光を遮っている木があって、「でも、よそ様の敷地の木を切るわけにはいかないしね」と話していたことがある。

オーママの中では「うちのためにあの土地が売れて木を切ってもらえる」というストーリーになっていた……フッ（笑）。


夜は焼肉を食べに行く。

3月15日（金）
朝、紅茶を飲みながら、学生時代の話になる。
学生のときにあったいざこざとか、揉めごととか問題ごとなんて、大人になってみるとなーんにも取るに足らない小さなことだよね、と。
「だから、その渦中に親が右往左往なんてしないでドーンと構えてないと」とオーママ。

雪は溶けたので、再びプリンスと松ぼっくりを拾いに行く。

午後、少し仕事ができたのでよかった。

3月16日（土）

東京に戻ってきた。追いかけるように電子ピアノも届いた。さっそくプリンスが弾いている。ピアノの向こうに掛ける絵も、もうすぐできる予定。

突然、すごいお天気雨が降ってきた。明るく光り輝いている空からかなりの量の雨。これはすごい、と動画を撮る。

3月20日（水）

居酒屋「てっぺん」の大嶋啓介さんが主催している「人間力大學」に呼んでいただき、1時間の講演をする。その前段として主催者側から「あなたにとって人間力とはなんですか？」という質問があった。

私にとっては、「目の前の今を楽しむ力」だと思った。

3月21日（木）

今日は「宇宙の元旦」に当たる日らしい。

そうなんだ……。今日の予定はお墓参りだったんだけど、それを聞いて、帰りに神社にも寄ることにした。お墓参りのあと、まずは夫のお母様と食事。それからその近くの気持ちのいい神社へ。

お母様とプリンスは木に手をあてて、エネルギーをチャージしていた（笑）。

3月22日（金）

夫の時間が空いたので、仕事の途中に合流して、突然、ＧＩＮＺＡ ＳＩＸに行ってみた。オープンのときに行って、「すぐに閑散とすると思うよ」と夫が言っていた通り、空いていた。たまに聞こえてくる中国語ばかり耳に残る。

買い物をして、上のスタバでひと休み。奥にあった「高級スタバ？」は、普通のスタバと微妙にメニューが違った。普通のほうでいいのだけど、席がないので奥に座る。

3月23日（土）

今日のホホトモサロンで、すごい報告があった。

参加者のひとりがずーっと探していた行方不明の人が見つかった、という。しかも、ここに向かっているさっき、連絡があったらしい。実家から遠く離れた土地で、牧師さんになっていたらしい。きっといろいろなことがあったのだろう。よかったねぇ！！！！

今日の会は、「探している人（恋人やパートナー）を見つけたい」と思っている人が何人かいたので、この話を聞いて、「見つかるよ！」と思う。

3月24日（日）

羽生結弦くん復活のすごい演技を見る。彼は自分を信じる力が天才並みだと思う。あのナルシストぶりも、あそこまでいけば本物だ。

鳥羽水族館で見たペンギンを描いてほしい、とプリンスが言うので描いてあげたら、マンボウを縦にしたような生き物が生まれた。ペンギン、難しい。

「描いてみて」と絵の上手なオーママに言ったら、これまたすごいのが生まれた。遠くを見つめているアンニュイなペンギン……。

「もっと普通のでいいんだよ……」と、重い腰を上げて図鑑に本物を見に行った。

3月26日（火）

ホホトモツアーの下見で箱根に行く。

これまではイマイチだったのだけど、急にピンときたところへ、今年は「山」の神社がいいと聞いたので、箱根神社と九頭龍神社にお参りしたいと思い……。

前回と同じ場所とは思えないくらい印象の違う場所ってあるよね。今日の九頭龍神社がそれだった。境内は公園の中にあるのだけど、そこに行くまでの道、前はもっとデコデコしていて薄暗いイメージだったのに、とても綺麗に舗装されていた。勘違いかな、と思えるほど、今日は清々しい。

ここは恋愛成就の神様としても有名だけど、「縁」って人に対してのものだけではないよね。物事を円滑に運ぶタイミング、そのタイミングに気持ちが盛り上がる巡り合わせ、望んだものに出会う縁など、すべては縁だ。その人にとって必要なことを運んでくる縁。

私も、数日前から探している新しいことに関して、お願いをした。

私は最近、「前のことを振り返ると、今は比べ物にならないほどよくなっている」ということをよく感じる。この九頭龍神社に来た頃を思い出してもそう。今、あのときの10倍くらい幸せで、その今から振り返ると、あの頃は迷路のような中にいたような気がする。

昔、手相学で有名だったN先生が、私の手相を見たときに、「線が分かれてあいだにたくさんの島ができているから、30代はいろんなことを考えて結構悩む年月になりやすい」というようなことを言った。……今振り返ると、そうだったかもしれない。当時の私はそんなふうには思っていなかったけれど、今、それより10倍くらい幸せな感覚で当時を振り返ると、あの頃の状態がよくわかる。沈んでいた。段違いに幸せな状態を経験してはじめて、今までの状況は幸せではなかったな、と気づくような感じ。

恋愛をめぐる諸々……まあそれも独身だから味わえたこと。

3月27日（水）

ネイルサロンへ。今日で担当のKさんが終わりとなる。

新しい門出だ。頑張ってね！

終わってから少し仕事をして休憩。

びっくりしたぁ。さっき、寝室の窓を開けたら後ろからプリンスが飛びついてきて、よろけた先に棚があって置物に私の手がぶつかり、あ！と思う間に、置物が窓から外に落ちてしまった。窓には落下物防止のガラスがついているのだけど、その隙間を綺麗に抜けて……。

急いで下をのぞいたけど、被害者はいないようだ……よかった……。下の庭は、居住者は通らない場所だけど、たまに管理やお掃除の人が歩いているはず。ああ、ヨカッタァ。落ちたのはプラスチックのものだけど、上から落ちたらなんだって凶器だ。本当によかった。

それにしても、よくこの隙間を通り抜けたな。手で通り抜けようとしても難しいし、窓際に置いてあったわけでもないのに、わざわざこの隙間を……。

「そんなものですよね～」、といつも優しいコンシェルジュさんが言葉をかけてくださったけど、ほんと、事が起こるときって、そんなものだと思う。「普通に考えたらあり得ないことなんだけど」とか、「いつもはこんなことないんだけど」という様々な要素がそろってそうなる……。

他の人に起こった「あり得ない」ということも、普段ならあり得ない事情が重なって、本人だって「え？（汗）」と思っていたりするのだろう。

3月28日（木）

今日もまったく使い物にならない私。プリンスと遊びながらも身が入らず、リラックスチェアでウトウトする。この、春の、この生暖かい、顔がぼーっとなる感じ、これが眠くなるんだよね………。

午後、叔母の家に桜を見に行くことにしたので、それまでにしなくてはいけない雑用を……と思いながらもウトウト。

プリンスは私の隣にぴったりくっついてテレビを見ている。

午後、オーママが来たのでタラタラと着替えて、叔母の家へ。

人がたくさん出ている。ゾロゾロと人が……「啓蟄《けいちつ》」という言葉を思い出す。

帆「きのうも今日もまったくやる気が出ない」
オ「まあ、そんなときもあるわよ」
帆「だよね～」

叔母の家から見る桜は、今年も素晴らしかった。

最近、近くに「スターバックス　ロースタリー?」というのができてしまったので、ますますすごい人だ。

「せっかくだからコーヒーでも買いに行きましょう、と思って出たら、整理券がないとダメなのよ……フフフ」

と話す叔母、90歳。

プリンスは叔母の家のリビングを走りまわっている。この家はテーマが「白」なので、どこもかしこも白。床も壁も天井も、机もテラスもどこもかしこも。一軒家がマンションになったと聞いたとき、まさかここまでモダンになるとは思わなかった。90歳が住んでいるとは思えない。お風呂場など、今日改めて見て、「アラーーー、これは………(笑)」という格好よさ。

叔母はこのマンションの最上階に、今年新社会人になる孫とふたり暮らしをしている。叔母の部屋は、祖父母の家にあった和ダンスや飾り棚があるので懐かしの昭和感、隣の孫の部屋はパソコン関係の機械が並んで一気にハイテク。そして廊下は目がクラクラするような白。楽しそうなふたり暮らしだ。

「プリンスは○○君（私の弟）にそっくりね～……と言うか、そのものじゃない？」と言われる。そう、プリンスは私の弟の小さいときにそっくり。私も間違えそうになるくらい。オーママなんて、よく弟の名前で呼んでいる。

最近会わない親戚の近況など聞いて、和やかに今川焼きを食べて帰る。

3月29日（金）

水星の逆行が明けた。それだけで朝から活動的な気分。そうか、最近のだるい感じは水星の逆行の影響だ……ということにしよう。

寒いけど、桜が綺麗。

3月30日（土）

プリンスには、なんでもきちんと理由を説明してあげることが大事なようだ。

自分が納得しないことはやらない。話すと、自分が認められたかのように納得して、きちんとやる。そして、なにを言おうとしているのかを理解してあげること。まだ話せない段階の子供でよく癇癪《かんしゃく》を起こす子って、自分の言いたいことが親に伝わってないからだろう。さっきもそれを思った。寝るときにスマホに入っている動画を見たがったので、「もうおしまい」としまったら、スマホを探して「あった、あった」と言う。

「また明日ね」と言ってとりあわなかったら珍しく泣きべそになり「あった、あった」と繰り返している。
しばらくして、「あった」ではなく「お茶、お茶（おった、おった）」と繰り返していることに気づいたので、慌ててお茶のコップを渡し、「ごめん、ごめん、お茶だったのね？　気づかなくてごめんね〜」と言ったら、「そうそう」とニコニコとうなずいて飲み始めて、寝た。

「それ」が起きたときは、どうしてそれが起きているのかわからないけれど、あとから振り返ると、「自分が望んでいたことに必要なこと、準備だったな」ということばかりだと思う。たとえば、実際にあった話だけど、「ある人が幸せな結婚をしたい」と思い始めたら、付き合っていた彼に失恋して、その後、体に病気（女子的な病気）が見つかった。「どうしてこんなに悪いほうへ……」ではなく、全部、「本当の人」に出会うための準備として起きている、ということだろう。

なぜなら、付き合っていた彼は、聞けば聞くほど「別れて正解！」という人だし（今では本人も納得している）、その病気も、今のうち（独身のうち）にわかってよかったからだ。本当のパートナーが現れてからそれが発覚したら、いろいろな意味で苦しいと思う。彼女が幸せになるために、その人と別れさせ、自分の弱かったところを修復させられて、いよいよ本当のパートナーと出会って家族を作るための準備をさせられている。

私は聞いていてそう思った。

夢や望みに向かい始めると、こういうこと、ある。それは一見、「あのために必要なこと」とはわからない、でもあとから考えると、望んでいる環境や状況に必要なことだった。バージョンアップする必要があったり、本来の望みに不要なものを整理する必要があったり。

私にも、今（たぶん）それが起きているので慌ただしい……。でも、宇宙にオーダーしたあとに起こることは、ぜ～んぶ「それ」に関係がある、と思っているので、安心できる。

これが、今日のホホトモサロンで思ったこと。

3月31日（日）

「なんかびっくりするような楽しいことが起きないかなあ」とヘアサロンで言う。

「え？　珍しいですね、浅見さんがそんなこと言うの」

帆「なんかね、想像もしていなかったうれしいサプライズが起きて欲しいの」

「たとえば？」

帆「うーん、宝くじに当たるとか、勝手にノミネートされた賞を受賞するとかさ（笑）、そういう無責任なのがいいの」

「それ、僕も欲しい～」

帆「でしょ？　頑張ってきた努力の結果、というのじゃなくて無責任なもの（笑）」

「でも珍しいですね～。アウトプットをしていないからじゃないですか？」

帆「アウトプット？」

「インプットだけで、アウトプットされていない……」

とか、話す。

4月1日（月）

5時くらいに起きて、寝室でみんなでゴロゴロする。

「急に寂しくなるときってない？　なにかあったわけじゃないんだけど、自分のやってきたことが急に無意味に感じたり、ひとりぼっちのような気がして寂しくなること」と夫に言った途端、プリンスが寝たままムギューッと私に抱きついてきた。

「ほら、そんなことないよって言ってるよ」と夫。


夫が出かけ、プリンスを送って仕事をしながら元号の発表を見る。

「令和」だって……へえ、いいねえ、すごくいい気がする。

穏やかじゃない？　和を感じるよね。万葉集の言葉からつけたんだって。なるほど。「令」という字は、「良き○○」という意味があるんだってね。今日は「良き日」。「令子」という名前も、「良き」という意味があるんだね、知らなかった。

なんて思いながら、「令」の字がつく友達にライン。きっといろんなところから連絡をもらっているだろう。

みっちりと仕事をしてプリンスをお迎えに。

今月から曜日を決めて、週に3回オーママに来てもらうことにする。プリンスの出かける日などようやく時間が固定されて見えてきたので、仕事の予定を立てるのが楽しみ。

ああ、なんか一段抜け出したい、成長したい欲。

最近、生活がマンネリ化しているからかな。プリンスの成長は日々変化があり、夫は変わらず面白く、楽しく、なにも不満はない。

うーん、やっぱり仕事だよね。仕事に打ち込みたい。そこが充分に発揮されていない。そう、今、私はエネルギーが余っている。体力的なエネルギーは毎日使い切っているけれど、クリエイティビティを発揮するエネルギーが溜まりに溜まっていて発散されない、だから今朝みたいな寂しい気持ちが出てくるんじゃないかな。きのうヘアサロンで話した「アウトプットができていないことが原因」ってこれか……。

4月2日（火）

令和、れいわ……スマホで変換すると「0話」と出る。

新しい時代。きのうラインした「令」のつく友人は、なんとその数日前に3人目を出産していた。4月が臨月と聞いていたのでまだかと思ったら……。「4月に生まれた子は平成か令和か」とテレビで話していたけど、それは平成でしょう、と思う。切り替わるのは5月1

日なんだから。

そうだ、新しい変化を起こしたいときは掃除だ、床の水拭き！　それを忘れてた。数年前のことを思い出してみると、私はいつも掃除でバージョンアップしている。掃除をきっかけに停滞していた流れが変わるのだ。そうだそうだ、そうだった。

そう思った途端に拓けるように感じるこの感覚。これだよね。

夜は居酒屋「てっぺん」の大嶋君とひすいこたろうさんと、東京ドームに巨人と阪神の試合を見に行く。宝島社の編集Kさんも誘った。

東京ドーム、久しぶりすぎる……。昔、父がドームに席を持っていたのでよく来たけど、大人になってからはさっぱり……。

おおお、選手が近いね。すぐそこ。たまにファールボールが飛んでくるから要注意だよ、と言われる。応援も面白い。東京なので巨人ファンが圧倒的に多いけど、応援ソングはやっぱり気持ちが盛り上がる。こんなたくさんの人に自分の名前が入った応援ソングを歌われたら……すごくいいね〜。

観戦しながら、大嶋君が自分のこれまでの人生ストーリーを話してくれた。幼少の頃に警察官のお父さんを殉職で亡くして、お母さんが女手ひとつで兄弟たちを育ててくれたことや、居酒屋「てっぺん」という名前は、一番てっぺんの高いところならお父さんが見ていてくれ

3月5日（火）

今日からウーちゃんとチーちゃんと伊勢志摩へ。

タクシーでオーママを拾い、９時台の新幹線に乗る。平日の朝だったのでタクシーが全然捕まらず、いつものタクシー会社に電話しても「近くに見当たりません」という対応だった。別のタクシー会社に電話して、そこから10分待ってようやく乗る。

今日がはじめての新幹線というプリンスの、ホームでの興奮ぶりが微笑ましい。あっちにもこっちにも新幹線が入ってきて、そのたびに「オオオオ」と指差している。

新幹線の中でお弁当を食べた。プリンス、ニコニコしている。あっという間に名古屋に着いた。

るかもしれない、と思ってつけた名前だとか……ホロリ。息子がいる身としては、こういう話が以前より染みる。

というところに、カキーンとひときわ高いバッティング音がして、なんと私のところにファールボールが飛んできた。それを素手で取ってくれた大嶋くん。

ひゃあああ、ビックリしたぁ。この手がなかったら、私、直撃だった。

試合が終わってからも、あのボールのことを思い出してドキドキする。あれがぶつかったら、ほんと、頭カンボツするかも……。

「ボールがくるーくるー」と思いながら、だんだん大きくなってくるボールをぼんやり眺めていた、この私の愚かさよ、って感じ。

終わってから、隣の東京ドームホテルで阪神の矢野監督と会う。大嶋君が阪神のアドバイザー的役割をしているので。矢野監督が私の本を読んでくれていた。

スポーツ選手って「ガタイ」がいいから、会うとやっぱりカッコいいよね。これが現役の若い選手だったらなおさらだろう。矢野監督は、ものすごく学びたい精神が旺盛のとても謙虚ないい人、という印象を受けた。

終わって、知人のやっている居酒屋さんにみんなで行く。

大嶋君の過去の恋愛遍歴の話を聞いた。あぁ……これはモテるパターンだね。そして、明らかに彼が悪いと思う話も多いのだけど、悪さを感じないという、ね。これがこの人の魅力。その遊びの話は、逆に彼のポイントを上げている。

それがきっかけで私の過去の恋愛を思い出し、今さらだけど納得した部分があった。大嶋君、恋愛セミナーでもすればいいのに（笑）。

4月3日（水）

今日から床の水拭きを再開する。それを思うと楽しみで楽しみで眠れず、夜中に「今からやろうかな」とか思ったほど。雑巾を水で固く絞り、玄関から始めてお手洗いと廊下、キッチンを拭いた。これで、絶対になにか変わる気がする。

夫が夕方まで時間があるというので、砧公園へ桜を見に行く。私、砧公園ってはじめて……。国道246を30分ほど走って到着。

大学生の頃、この「東京インター」から東名高速道路に乗って大学に通っていたので、そこだけが懐かしい。それと、ここの近くのゴルフ練習場で部活をしていた。その帰りに毎日のように寄っていたデニーズはなくなっていたけど、交差点にあったマックは健在、隣にスタバができている。街も変わっていくよね。

砧公園の桜は綺麗だった。枝が低く垂れていて、目線と同じくらいの枝もある。シートに座っている親子さんたちの感じなど、のどか……。サッカーをしたり、駆け回ったり。

桜餅を持ってきたけど、寒いので、車の中で食べた。

ひと通り走り回って、ボール投げなどして、桜も見て帰る。この春先のボーッとしたあったかい感じは苦手。帰ってから、プリンスと昼寝。

4月4日(木)

今日もうれしい気持ちで雑巾がけ。目的があって、それに向かうやるべきことがあるのはいいよね。

思えば前回の床掃除での激変は2014年だった。今回も大きな波がやってきそう。

今週末、久しぶりの友人が子供と一緒に遊びに来るので、その前に掃除モードになって掃除ができてよかった。

これを機会に、延ばし延ばしになっていた家族の写真も額装しよう、インテリアも衣替え

来た！これを読み直している今は1年後。
この掃除がきっかけで2019年後半の
瞑想の世界へ入っていく

しなくちゃと考えながら掃除。

4月5日（金）

午前中、気になっていた仕事に取り掛かり、全部終わってとてもうれしい。

午後は同級生に会う。最近の流れで、掃除の話をアツく語る。

「あと大事なのはお墓参りだよね」と友人。


夜はアメリカンクラブのお花見ナイトへ。

すごく混んでいた。毎年大人気だそうで、今年から事前予約をしていないと当日突然入ることはできなくなったらしい。お酒のブース、芸者さんたちなども出ている。ふーむ……。知っている人たちと話をして、ちょっと食べて、日本酒も味見して、太鼓のパフォーマンスなども見て、さて……というときに、夫の友人で、私の弟の銀行時代の上司ご夫妻に会った。こういうこと、非常に多い。夫の少し後輩とか同級生が、弟のサラリーマン時代の上司ということ……世間は狭いよね。

はじめから「直感とはなにか」という、ちょっとマニアックな話から始まって、へ〜と思っていたら、突然「今、うちの娘が掃除にはまっていましてね」と言われた。

「コンマリさんの掃除のビデオにはまっていて、親も驚くように断捨離を進めているんです。これまであんなにたくさんの洋服、どうするんだろうと親も思っていたけど、なにを言っても変化しなかったのに、自分から……、そのことを考えると夜中も掃除したくなるんですって（笑）」

なんておっしゃっているので、それはもう心から盛り上がる。

こういうとき、引き寄せを感じる。

私が掃除で盛り上がっていると、数ある人の中からこの人とバッタリ！を起こし、さらにその人のたくさんの話の引き出しから掃除の話をするようにアレンジされる。これがもし、私が別のことに意識を向けていると、会場にいるたくさんの人から別の人と話をするようにさせて、別の話題でリンクさせるのだろう。だから、自分が望んでいることにアンテナを立てていれば、それに関係ある話を聞くことになる。

たくさんの中から
同じ波動の者と
話すことになる

4月6日（土）

掃除を始めて数日、仕事関係で朗報あり。おおおお！

またそれ以外にもチョコチョコと、夫や息子のことでタイミングのいいことが起きている。

一家の大黒柱は夫だけど、家の中をまわすのは奥さんだなあとつくづく思う。

ある集まりやグループや団体に「所属したい」と思っているとする。そこの一員になりたい、そこの仲間になりたい……であれば、そこでのルールや流儀に従う必要が出てくる。それをよいと思って……いや正確に言えば、よいと思おうがおかしいと思おうが、目的はそこに所属することなのだから、「それがいいと思い込んで」、そこでのやり方に染まる必要があるのだ。亭主の好きな赤烏帽子のようなもの。

その団体やグループに歴史があればあるほど、それに反対することになる新しいやり方や独自の考え方は求められない。もし新しい改革がその団体に必要だと感じるのであれば、そこに属したあとにすればいいことで、まずはそこの一員にならなければ主張することもできない（当選しないと改革することもできない、というのに似ている……（笑））。

とにかく、そこに属したいというのが第一の希望なら、徹底的にそこの流儀を勉強し、そこでの常識に染まり、そこでの王道をたどることが必要。

違うやり方、ある意味そっちのほうが革新的で合理的で、時代に即した新しい考えだとしても、その新しい自分のなにかを主張して仲間に入れてもらおうとするのは、順番が違うというもの。

そこに属すのを望んでいるのにそれがわからないというのは、普段、とても進んだいい考え方をしていても本当の意味では頭が悪いんだろうな、と思う。

と話したら、オーママが一言。

「……と言うか、その団体に合わないのよ」だって。そうね……ズバッとね。

4月7日（日）

学生のときに別大学のゴルフサークルで仲がよかったウッキーが、オーストラリアから日本に一時帰国しているので、4歳のHちゃんと一緒に遊びに来てくれた。プリンスが半年くらい？のときにも一度遊びに来てくれたんだけど、あのときよりHちゃんはさらに黒くなって元気いっぱい。

5センチ四方の積み木を紙に包んでセロテープでとめる、という遊びを始めた。それをジーッと見つめて同じことを始めるプリンス。

半分くらいやったところでわからなくなって手が止まり、Hちゃんが手伝ってくれている。それをまたジーッと見つめるプリンス……いいコンビ。ふたりとも紺と白のストライプなんか着ちゃってきょうだいのようだ。

Hちゃん、「今ね、プリンス君があれをとってくれた」とか「私にこうしてくれた」と母親のウッキーに報告するところなど、女の子らしく、愛らしい。

しばらくして、セロテープの取り合いでプリンスが泣いたのを皮切りに、「ふたりとも、セロテープで遊ぶのは終了」ということになった。

遊び足りなかったHちゃんは号泣。

「楽しく遊んでたのに～（泣）」なんつって号泣している姿がまた可愛い。

「仕方ないでしょ？　プリンス君に貸してあげなかったあなたが悪いんだから」とウッキー。

プリンスはまだ小さいのでキョトンとしている。

Hちゃんはまだまだ遊びたそうだったので、しばらくしてから「出そうか？（セロテープ）」と聞いてみたけど、
ウ「いいのいいの、楽しかった時間を自分で壊すとこういうことになるんだよ、ってことだから」

とウッキー。こういうとこ、すごくウッキーらしい。つれないほど、きちんと厳しいところ。

ウ「夜、何時頃に寝てる？」

帆「8時から9時」

ウ「一緒に寝たふりしてると、寝ちゃうよね～」

帆「もう一度起きようと思うんだけど、無理だよね」

ウ「おかしいんじゃないかと思うくらい、ずーっと朝まで寝れるの。よかったぁ、帆帆ちゃんもなんだね！　もう体調が悪いのか健康だからなのか、わからなくなってたんだよ

ね」

帆「そこに、怠慢なのかっていう性格的なものも入るしね」

ウ「そうそう（笑）」

帆「もう、それでよしってことにしようよ」

もうひとり、作らないの？という話になったときの、ウッキーの、「……私さぁ、新生児苦手なんだよね」には笑った。

「これくらい大きくなるとコミュニケーションとれるからいいけど、あのなんにも通じないときはさぁ」

なんて（笑）。そうそう、こういう正直なところが好きだった。

今日久しぶりにウッキーと話をして、ウッキーの感じを丸ごと思い出した。今のウッキーの生活は、ウッキーがこれまで日々考えてきたこと、思考を向けていたことの集大成。好きなこと、憧れていたこと、嫌なことなど全部をひっくるめて、その人が意識していたことの集大成が「今」。ある意味、思い通りの人生を歩んできた結果だ。今日の考え方、今の波動が未来を作る。

「また遊ばせようね」と別れる。

プリンスがもう少し大きくなって、海で遊ばせるのに充分たくましくなったらオーストラリアに遊びに行こうっと。

4月8日（月）

今朝も張り切って、玄関から廊下、トイレ、キッチンの床を丹念に拭き、トイレを掃除する。その後、アメブロや「引き寄せを体験する学校」など毎日の投稿をすませて、それでも朝食まで時間が余るなんて、一体これまでどういう時間の使い方をしていたんだろう……。

掃除を始めてから体調もよくなっている気がする。朝もすぐに起きられるし、午後も昼寝をしたくならない。体がだるくない。これってすごいことじゃないかな。

そういえば、3月の半ば頃から夫が始めたダイエットは、信じられないことにまだ続いている。

会食以外の食事はすべて野菜ジュースか具なしのお味噌汁にする、というもの。断食道場のような生姜湯を作って黒糖を入れたりするのはもうやめたけど、具なし（たまに、しらき入り）のお味噌汁は今も作っている。

すでに3キロ痩せて、きちんと定着。ジワリジワリと外見に現れ始めた。ここからが大事なので、今は心を鬼にして。

でも今日は久しぶりに家で食事なので、白菜と豚肉の蒸し焼きを作る。はまぐりのお吸い物と、キムチをたっぷり入れたチヂミも。こんなので、「ご馳走！」とか言っている。

4月9日（火）

プリンス、朝起きてすぐは私に抱かれてまどろむ。窓から鳥の声を聞いたり、外を眺めたりして。その後キッチンに座って私の料理を見学。
その至福の時間にパパが近づこうとすると、「ノーノーノーノーノーノー」と手で制す。

数日前から、車の中でジャズを聞きたくなっている。掃除を始めたからかな。痩せると味覚が変わって食べ物の好みも変わるように、掃除によって住んでいる環境のエネルギーが変われば、音楽の好みも変わりそう。なんか、いいね。

「それぞれの人の生活にそれぞれ大変なことがあるから、実はみんな同じようなもの」という考えを聞くことがある。その人より金銭的に裕福な人や、その人より社会的に立場があるような人に対して、「表面だけ見るとよさそうだけど、その立場にしかわからないことがいろいろあって大変そう」と、妙に、その「大変そう」に重きを置いて言っている場合。

一部ではその通りだと思う。違う環境や立場には、今の自分には想像もできないような大変なことや苦労があるもので、それはその立場になってみなければわからない。

でもそれを「だからあの人たちは大変で、私（たち）はそうならない今の暮らしでよかった」という言い方は、ちょっと違うよね。それはイソップ童話の「すっぱい葡萄《ぶどう》」のようにも聞こえる。

つまり本当はその暮らしに興味があったり、うらやましかったり、自分もそうなってみたいと思っているのに手に入らないから、その努力もしないで「あの葡萄は酸っぱいに決まってる」と思うことで、それが手に入らない溜飲《りゅういん》を下げているということ。そういうニュアンスを多少なりとも感じるときがある。

たしかにその環境にはそれなりの大変なことがあると思うけど、その人たちにとってはそれほど大変なことではなかったりもする。捉え方の問題ではなく、それが得意な人もいるし、育ってきた環境から、それを普通のことと思っているかもしれない。

結論から言うと、他人のことはわからない。本人がその環境でどんなふうに感じているかを知ることはできないし、１００人いたら１００通りだから、しょせん想像にすぎない。その環境にいる人はだいたいこう、という平均や一般論も意外と当てはまらない。

でも、私たちはそれぞれに、自分の今の環境から自分がワクワクする楽しいことを夢見てそこに向かい、日々の楽しいことに笑ったり、ホッとしたりしながら進んでいる。

その感覚は、どの環境にいても結構同じだと思う。

4月10日(水)

朝から雨。「FUKUZO」のお気に入りのレインコートを着る。

今日からプリンスが新しいお教室(プリスクール)に通い始める。先週の説明会でも思ったけど、予想通りとてもいい。先生も保護者の皆さまも共に。これからの送り迎えがすごく楽しみ。

今日もそうだし、他でもあったけど、プリンスの関係で思わぬ懐かしい人(の子供)と同じクラスになったり再会したりということが続いている。子供を育てていると、こういう同窓会的なことが起こるのね。

今の私の生活は子供が中心、今はそういう時期だと思っている。小学校に入るまでは、息子の感じ方、息子への影響、息子の目に映るものを基準に動きたい。それが私のしたいこと。そして次の変化を期待し、コツコツとその準備中。掃除もその一部だろう。


午後、いよいよ洋服を断捨離しようと思う。これまで手つかずだったゾーンなので、ここを整理したらかなりスッキリすると思う。もう、これまでとは違う視点で整理したい……それを好きかどうかだけで判断。コンマリさん流に言えば、ときめくかどうか。

カレーを見ているだけでこみ上げてくるこの幸せ感はなんだろう。

洋服の断捨離、2時間かけて3着……フー。

4月11日（木）

今日も掃除。プリンスも雑巾を手にしてせっせと拭いている。

私がデザインした新しいお財布を今日から使い始めるので、掃除のあと、いそいそとコーヒーを入れて、新しいお財布にいろいろと詰めた。お財布や手帳を新しくするのって、うれしいよねーーー。これを機会にお財布の中も綺麗に使おう。

午前中、プリンスの用事で出かけ、帰りに「ピエール・エルメ」のケーキを買う。「マダムフィガロ」「タルトアンフィニマンヴァニーユ」「シューアンヴィ」、見ても聞いてもなにが入っているケーキなのかまったくわからない。それから巨大なクロワッサンをひとつ。

アメブロ用に、お財布を息子のカラフルな積み木の上にのせて写真を撮った。

編集のKさんが遊びに来る。このあいだの野球ではゆっくり話ができなかったので。

Ｋ「サロンに入るのははじめてです。いつも下の打ち合わせスペースだったから」

帆「え？　下には来たことありましたっけ？」

K「ヤダァ、本の打ち合わせのとき、いつも下でやっていましたよね」
と言われて思い出したけど、まったく覚えていなかった。大丈夫かな、最近の私の記憶。建物に来るの自体がはじめてだと思っていて、住所なんて送っていたけど。だったら4、5回は来たことあるはずだよね……覚えていない……。

「キルフェボン」のイチゴタルトを持ってきてくれた。

Kさんが、仕事とは別に、今後やっていきたいことの話を聞いた。へぇ〜、そうなんだ〜、そういうことに興味があったのね！　知らなかった！

それから、これまでにKさんが仕事で訪ねたことのある個性的な造りの家やインテリアの話で盛り上がる。

あぁ、いいよね、そういうの。やりたいな……と大好きなインテリアの話を聞いて、またポッと心に灯った火。インテリアについても、この1年ほどしばらくモチベーションが停滞している。自宅のリビングも、ヨットを作って絵を描いた時点で止まっているし。私の生活全般のやる気の波はすべて、仕事のモチベーションとリンクするので、仕事をする気になるとインテリアへのモチベーションも上がるだろう。

そのときを待とう。こんなときは、好きなことだけをしていよう。

夕食の買い物へ。今日は夫が家で食べるので好物のメニューなんだけど、ひとつ買い忘れたものがある。プリンスをバギーに乗せて買いに行く。

が、欲しいものは売り切れだった……。さらにお会計で財布を忘れてきたことに気づく。え？　さっきバッグの中で見た気がしたけど……。

買い物カゴをレジに預けて急いで家に戻る。マンションの入り口でたまたま夫に会ったので、プリンスを預けてお財布を借りて急いで戻る。

どうしよう、お財布が家にある気がしない……あ、午前中はあったね……そのままサロンでKさんと会ってそのまま出てきたから、バッグに入っているはずなんだけど……今日のバッグは上が大きく開く形で、さっきも開けっぱなしで買い物していたから、カートから離れたときに盗られたのかな……なんてめくるめく考えながらダッシュして戻り、お金を払い、荷物を抱えてまた急いで家に戻る。

その途中、夫から「これ、財布では？」と、積み木の上に置かれた財布の写真が送られてきた。……そうです、その通り……よかった……そそっかしいから気をつけよう。

4月12日（金）

きのうのKさんとの会話で、「秘密の宝箱」計画への気持ちが具体的に膨らんだ。

やっぱり、そういうこと、したいなあ……と。というか、そういうことを考えているのが好きだなあ……と。今の状態では、その計画を始めるとそれに伴う大変なことばかりが湧いてくるので、少し様子を見ているけれど、やっぱり好きだなぁと。

好きなものがあるっていうだけでもいいね。Kさんありがとう。

考えてみると、Kさんが改めてオフィスのサロンに来ることになったのは、このあいだの野球のときにふたりでゆっくり話せなかったから。そしてそもそも野球に誘ったのは、友人たちが誰も予定が合わなかったときにふと浮かんだからだ。そしてその野球を大嶋さんに誘われたとき、本当はかなりタイトなスケジュールだったのでいつもなら行っていないと思うんだけど、掃除を始めてからピンとくることが増えているから行くことにしたのだった（もちろん、どんなに時間があってもピンとこなければ行かない）。

みんな微妙につながっている。やはり、掃除、私には相性がいい。

はあ、プリンスが元気なときにはすごく眠いのに、お昼寝してくれるときに一緒に寝れないのはなぜだろう……。

「人のためになりたい」ということって、わざわざ口にしなくていいんじゃないかな。誰でも心の底では人のためになりたいと思っているし、どんな仕事でも、一生懸命していれば、それはどこかで必ず人のためになっている。

直接的に手を差し伸べて介助をすることだけが人のためになることではないし、直接的に命を救う仕事だけが人のためになることではない。あらゆる仕事に人を救う側面がある。

夜、夫とプリンスがお風呂に入ったあと、私がひとりでゆっくり入っていると、プリンスが様子を見にくる。「今、お風呂に入っているから、ちょっと待っていてね」と言うと、「うんうん」とうなずいて向こうへ行く。

それが1分おきくらいにやって来るので、見つかったらもうあきらめるしかない。ガバッとあがる。

4月13日（土）

今日、夫とグランドハイアットでブランチをしていたら、隣にエリック・クラプトンの一団がいた。


この人（たち）と一緒にいると自分らしくできない、という人（または集団）ってある。いつもの自分のよさが出ない、不自然な自分になっている、こんなこと話したくないのにおべっかを使っている、というようなこと……。

簡単に言えば、その人（たち）とは合わないんだよね。合わないのにその場にいなくてはいけないというの、つらいよね……。私はできる限り、そういう場に属してつるむのを避けてきたけど、たまにのぞかざるを得ないことになると、そのあまりの居心地の悪さにびっくりする。

一緒にいると創作的なアイデアがどんどん湧いてきて、未来に対して活発な気持ちになる人（たち）との輪に比べると、同じ自分かと思うほどエネルギーが下がる。

合わない一番の原因はなにかと考えてみると、たぶん、その人（たち）が人生に価値を置いていることや人生で「成功」と思っていることに共感できないからだと思う。それを欲しいと思えない、だから当然、そこに向かうプロセスにも違和感がある。

これはもう決定的。それがわかっている以上、そういう合わない人（たち）からは離れたいし、それがお互いのため。離れていい、とわかったときのこの解放感、これを味わうだけでクリエイティビティが加速する気がする。

でも、そういう居心地の悪い輪に久しぶりに触れる唯一のいいことは、自分が本当にやりたいことへ意識が向く、ということだ。すごく嫌いなものを目の当たりにして、自分の本来のミッションに気づく、というようなことね。

そして、こういうことは数年おきにやってくる。注意深く、自分の気持ちを観察したい。

4月14日（日）

夫、順調に減量中。痩せてからゴルフの調子もよいらしく、ゴルフクラブの試合の予選に無駄に通ってしまったりするらしい。無駄に、というのは、予選に通っても間違いなく優勝はできないから（笑）。よかったね。やっぱりバランスがよくなって動きが変わったんじゃないかな。

それにしても、試合のたびに一日36ホールもまわるというのは……聞いているだけで体力を消耗する。学生並み。50代の夫はともかく、80代の方々もそうだというからすごい。

さて、そんなわけで今週もゴルフの夫なので、私はオーママと久しぶりに散歩する。

帆「久しぶりに散歩だね」

オ「なに言ってんのよ（笑）。ほぼ毎日そっちに行ってるじゃない（笑）」

そだね。本当にほぼ毎日、通ってもらっている。そっち（実家）に預けに行こうか？と思うけど、オーママとしては来るほうが楽らしい。

まあこっちに来たほうがプリンスのものは一式そろっているし、プリンスも安定しているしね。その名も「移動式、バーバ保育園」だ。オーママに預けるほど安心感のある環境は、他の人には作れない。

プリンスと話しているときの言葉のかけ方、言葉使い、遊んでいるときの様子など、教育的にもこれ以上の環境はない。安心感どころか、私以上。これを見て、シッターさんにお願いするのは見送ろうと思ったのだ。様々なシーンで、今息子に表れてきていることは、日々のバーバの賜物だと思う。

と言ったら、

「そんなことないわよ～（笑）。私はその数時間で帰るんだから、基本的にあなたがしていることがベースに積もってるのよ」

と言ってくれたけど、そうかな……。

家の近くに思わぬよい公園を見つけた。人がいなくて静か。

4月15日（月）

午前中はプリンスと楽しく遊び、午後から仕事。「引き寄せを体験する学校」の定例会議。これも学校っぽくやると楽しい。

さっき、駐車場で思わぬ人に話しかけられた。前から「綺麗な人だなぁ」と思っていた女性。子供のことなど、立ち話をする。そして、私の本を知っていてくださった。それを聞いて急に恥ずかしく思う。意外なところで意外な人が読んでくださっていることにはいつも驚く。

ネイルサロンでは恋愛の話。私の担当の彼女は常に恋愛している。珍しく、今付き合っている人がいないそうで「（報告することは）なーんもないっすよ」と言っていた。

でも、本当に好きな人はずーっと同じ人で美容師らしい。永遠に恋する相手だという。相手はいつの間にか結婚し、知らぬ間に離婚していて、そのあいだもずーっとずーっと好きなんだって。実は同級生で昔から自分を知り尽くされているから、絶対に結婚とか恋人ってことにはならないらしい。彼も彼女の気持ちを知っていて、数年おきに、胸がキュンとする事件が起こるという。

それって、その彼、ずるいよね～。今はお互いにそれを楽しんでいるのだろうけど、それもいつか終わるよね。そんな先の見えない恋愛を楽しめるのが若さか……いや、意外と終わらないのかも。相手が結婚しても離婚しても同じ状態なんだもんね。
今日もいい日だった。

4月16日（火）

プリンスの「バイバイ」は「ボイボーイ」に聞こえる。

今月のホホトモサロンのプレゼントはなににしようかと考えていたときに、ふと「スパイラルマーケット」が浮かんだので、久しぶりに行ってみることにした。オーママとプリンスも一緒。
ランチどきの表参道は裏道までなかなかの人だかり。オーガニックのサラダのお店など、ちょっと見ないうちにいろいろできている。あぁ、ここが噂の港区の児童保護施設が建設さ

れるかもしれない土地ね。これはたしかに……ないね……。近隣の人たちの心情を想像すると、かわいそう。向かい側のこの素敵なマンションの住人たちも、入ったときにこうなるとは考えてもいなかったよね、きっと。

これだけに関わらず、役所にまつわる憤りの体験を聞くたびに感じるのだけど、役所関係って、国民がより居心地よく暮らすためにある機関だよね。そのエリアの住民たちのためにある、そのはずなのに、日本の場合、いつも住人と敵対しているような印象を受ける。「住人vs役所」。

敵対というか、張り合っているというか、わざとしているのかな、というほど意地悪な姿勢での対応も多そうだし、よく聞くことだ。

今回の児童保護施設建設の件も、区の事情はわかるけれど、本来その機関がある目的はなにかな、と思う。問題のある児童を保護する施設をファッション街の真ん中に作ることは、収容される子供たちにとってもプラスではないような気がする。そして、それを進めている人たちに考えてほしいけど、自分がその近くのマンションに住んでいたり、そこに店舗を構えていたりしたら、それでも強硬に進めるかな。役所に勤めている人たちって、たいてい、その区に住んでいる人じゃないよね。なんの嫌がらせかな?とそこまで思わせるくらいの頑なで頑固な態度をよく聞く。その人たちに張り付いているネガティブななにかがあるんじゃないかな、と思うほど。

そんなことを30秒ほど考えて、すぐに素敵なスパイラルマーケットの世界へ。ここも長いよね、私が中学生くらいからあったから。バレンタインのラッピングや髪の毛につける輸入のリボンをよく買いに来た。あの頃に比べたら、置いているものもバージョンアップしたような気がする。プレゼントにいいものを見つけた。

帰りに、「ニコライ・バーグマン」のカフェでサンドイッチをテイクアウトする。これは7、8年前、ここの近くに住んでいたときによくやっていたコースだ。

パリで買った今一番気に入っているスニーカーをはじめて履いたので、ひどい靴擦れになった。これ以上歩けず、オーママと靴を取り替えてもらう。

4月17日（水）

靴擦れが、痛い。バンドエイドが見当たらず……これを機会に救急箱の中身を掃除して、足りないものを注文する。引き出しの奥にあったヨレヨレのバンドエイドを貼る。

午前中はプリンスと一緒に子供たちの世界で遊ぶ。はぁ、この世界、楽しい……私、子供の教育にまつわる世界、大好き。

4月18日（木）

今日は、私の同級生が4歳のAちゃんと一緒に遊びに来た。いつも、会ってしばらくは人見知りをするAちゃん。果敢に近づくプリンスにもつれない（笑）。

自分のぬいぐるみをたくさん持ってきてAちゃんに渡そうとするも、まったく興味を示さずにプリンスを遠ざけようとするAちゃんに、プリンスは「え？　なんで？　なんでこんないいものもらわないの？」と眉間にしわを寄せて意外そうな顔をしていた（笑）。

プリンスに、イースターの卵をもらった。パッカーンと割れて中からチョコレートが出てくる卵。プリンスは大層気に入っている。チョコはまだ食べないので、代わりに中に小さなおもちゃを入れてあげた。

Aちゃんが、自分の持っているカゴからなにかが落ちそうになっていたときに、「落ちているよ」とプリンスが指差して教えようとしたら、Aちゃんはそれを取られると思ったらしく、強く拒絶した。それを母親である私の友達が怒ったら、プリンスに悪いことをしたと気づいたらしく、ささやくような声で「アイムソーリー」とつぶやいていた（笑）。女の子って、可憐、可憐すぎる。

そうそう、きのう夫が、「そろそろディズニーランドとか行く?」と言い出した。私と夫ではいろいろな意味で無理があるので、「詳しい人が誰か一緒に行ってくれたらね」なんて話していたら、彼女が月に一度行っていることがわかった。

「え?　明日も行くよーー。それは帆帆ちゃん、私と行かないと!」

ということで、さっそく6月に行くことにする。楽しみ。

4月19日（金）

今年のゴールデンウィークは10連休。

「10連休で不安なことはなんですか?……そうですよね?　体調管理ですよね」

とかテレビで言っているのを聞いて驚いた。

そんなこと、考えたこともない……。

「子供の病院が開いていないのが不安です」という町の声。

それも考えたことない……。


「てっぺん」の大嶋君が早稲田大学でした講演会に行ってきた。学校関係での講演に興味があったので、「関東でそういうのがあったら教えてね」と言っていたら、すぐにあった。

すごくよかった。聞いたあとのこの清々しさ。

一番伝わったメッセージは、とにかくすべてを楽しもう、ということ。この目の前の一瞬、起こる出来事、向かっている夢、すべてを楽しむこと。それは、元を正せば、「ワクワクすることとしか実現しない」とも言える。大嶋君流に言えば、考えると「鼻血が出るくらい」に興奮すること。

考えると鼻血、ワクワクしすぎて鼻血、「とりあえず、夢＝鼻血ってメモしといてください」とか言っていた。

そして「予祝」。それがそうなることを先に祝ってしまおう、というもの。この効果は私も以前から実感していた。

「そうなることを願って、乾杯！」ではなくて「そうなって本当によかった、乾杯！」ということ。そのほうが断然リアル。日本のお祭りは、この精神があることを知る。「豊作になりますように」ではなく「今年も豊作でありがとう」ということ。

弱小野球チームが「予祝」を取り入れて甲子園に行けた動画を見た。予祝じゃんけん……だったかな、勝ちじゃんけん……だったかな。じゃんけんぽんで勝っても負けても大喜びする儀式。こう書くと、人によってはすぐにノレないと思うけど（私もそうだけど（笑））、大嶋君の話の流れだと、盛り上がってできてしまうから不思議。

話し方ってあるよね〜。これは絶対に私には出せない空気感だ。当たり前か、人が違うんだから。この、冷静な熱血、ど根性感は野球に合うし、学生にも魅力的だろう。ハートに響く。


すっかり楽しくなって、友人の誕生日会へ。

早稲田を出たときはすでに約束の20分前だったのに、そこから銀座まで20分で着いた。絶対間に合わないと思ってたのに。でも、銀座についてから10分かかり、ビルの中で5分かかって結局15分遅刻。ＧＩＮＺＡ ＳＩＸは難しい。

4月20日（土）

プリンスの食事にバラエティに富んだものを出すのが本当に大変。朝食なんて、だいたい同じようなメニューになっている。

同じようなメニューとは、ご飯、卵、納豆、ほうれん草、トマト、お豆腐。卵はその日によって目玉焼きになったり卵焼きになったりする。お豆腐は大人の味噌汁の中に入っているものを出すことが多い。ほうれん草のバター炒めをノリで巻いて食べるのが一番好きな野菜、それとトマト。なので、朝は一番好きな野菜を出すと、ほぼこれ。

そのことをきのうの食事の席で話したら、「それ、理想的だよ?」と言われた。栄養学や菌の話、美容など全般に詳しいおしゃれなYちゃんによれば、長寿の人はみんな同じ朝食メニューを毎朝食べているという。そのほうが、腸に必要な菌が自分のエサを把握して定着するんだって。たしかに、100歳以上生きた私の祖母も、今90代で元気な叔母も、メディアで見る長寿の人も、みんなその人なりの「同じ朝食メニュー」を食べていた。「その人なりの」というのがポイントで、それが菌を定着させるんだって。

だから極端にバランスが悪くなければ、毎日同じメニューであることはなんの問題もなく、むしろ理想的なんだって。

そっかぁ、これでいいんだ。

すごく気楽になった。そうだよね、お昼と夜は毎日違うメニューなんだから、朝食はこれでいいよね。今日はそれを思い出し、いつもより楽しく卵を焼いて、ほうれん草を炒める。

朝食後、このあいだ見つけた公園へ行ってみる。「へえ、いいねえ、近いし」と夫も気に入った様子。なにしろ、「徒歩5分以上のところは遠い」とか言うので、こんな近くに見つけたなんてお手柄だ。滑り台を30回ほど滑り、お花をさわり、かけっこをして帰る。

今、夕方。午後の「ホホトモサロン」から帰ってきたところ。

今日はまたいつも以上に濃かった。

それぞれの人がしっかりと濃いテーマを持っていらした。あ、ひとり、セドナツアーにもいらした人は、「今日はみんなの話を聞いています」というスタンスで、あれもよかった。

ひとりは、20数年勤めた会社を辞めて、自分の好きなことをしよう（していいんだよね？）というところに、今立っている。この扉、開けてもいいんだよね？というところ。それなのに、ハローワークの人の「そんな、すぐ再就職しなくちゃダメですよ」という言葉を聞くたびに、40代半ばで無職で新しいことを始めてはダメか、という気持ちになるという。

「大丈夫。ハローワークの人は、そう言わなくちゃいけなくて、それを言うのがマニュアルであり仕事なんだから」

とひとりが言った。そうなのです。その人たちも自分の仕事をしているだけだから。

それをお母様がまたとても心配されていて、早く再就職して欲しいと言う。

それもね、あなたが幸せになれば心配しなくなる。子供が幸せになることが親の一番の望みなんだから、あなたが楽しく進み始めれば大丈夫。あなたが迷っているから親も心配するというもの。

そして、参加者みんな、彼女がある国に短いあいだに6回も行っていることを聞いて、「それは絶対にその国に行ったほうがいいんじゃない？」「そんな1年や2年じゃなくて、もっと気楽に数週間くらいで行ってくれば？」なんてグイグイ押していた。

流れを見ると、そうだよね。気楽に、なにも決めず、そこでの出会いを楽しみに……。でもたぶん彼女はその「なにも決めないで行く」というのができないだろうから、向こうでなにか勉強するつもりで、それを探しに行くつもりで行けばいいよね。

考えてみれば、こんな楽しいことはない。40代半ば、経済的にもしばらくは大丈夫。自分の力で切り開いていく楽しさ。人生、なにが起こるかわからず、ようやく自分の人生を生きられる世界が始まったかもしれない。聞いているだけで先が楽しみだ。

こういう人もいらした。

離婚して20年近く経ち、今、恋愛をしているという女性。どうりで……前回会ったときより輝いている。恋愛だったか……。

1ヶ月に1回東京に来るたびに会っていて、先方には今のところ結婚の意思はないそうだけど、「事実婚でもいいと思って」と話す彼女。

いいと思う。というか、そのほうが気楽じゃない？　彼女いわく「私、ひとりの生活も本当に楽しいので」という自立した人は自立した人とパートナー関係を築けるので、それが最高。大人としての成熟したカップル。

このあいだ聞いたんだけど、中田英寿が「結婚するならどんな人と？」と聞かれたときに「自立した人」と答えたらしいけど、中田は自分のことをよくわかっているんだな、と思った。自分自身にやりたいことがたくさんある人は、相手にも精神的に自立していてもらわないと成り立たない。ある意味で、恋愛の絡んだ共同生活、という感じだ。中田、さすが……。

また、ある女性は○○（ある特殊な職業）になりたいそうで、「今回は、ホホトモさんにそれを宣言したくて来ました」と言っていた。でも、はじめに「なにになりたいの？」と聞いたときは、「○○」という言葉が出てくるまでに、長～い長～い遠回りの説明があって、ようやくそれが出てきた。

そこにこそ、彼女のこれまでの考え方の癖、防御があるよね。それはこれから進んでいくときに必要のないものだと思う。○○になりたいと言うと、親やまわりの大人から大賛成されるものではないから言いづらいのかもしれないし、この私が○○？というところに、遠慮や、力不足や、現状とのかけ離れなどを感じて気がひけるのかもしれない。

それは本当にはわからないけど、理由はなんであれ、そのような思い込みはいっさい必要ない。必要なのは、○○になることを考えるとワクワクするかどうか、だけ。「鼻血が出るほど興奮するか」だ（笑）。

現状と違いすぎるのは、はじめは誰でもそう。生まれたときからお笑い芸人という人はいないのだから、誰でもはじめは「現状からは考えられないもの」を願っている。

今自分にやりたいことがあるのであれば、それに進むのが人生だ。

そのときに、困ったことや方法がわからないことはみんな宇宙にオーダーすればいい。彼女は、今○○としてひとりでやっていくか、誰かとパートナーを組むか、組むなら誰と？など、いろいろなパターンで悩んでいた。期日もあるし、相手の気持ちもあるし……「本音で決めていい」と言われてもなにが自分の本音か、なにを優先させたらいいかわからないことってあるよね。

でもそういうときこそ、その本音を宇宙にオーダー。

つまり、「いついつまでに、私の心が納得してスッキリと決まる事柄を起こしてください」ということをオーダーすればいい。

ひとりだろうと、誰かと組むのだろうと、大事なことは自分の心がスッキリと決まって、「これがベストだ」と納得できることだ。その納得がないと、「それがベストな方法だ」といくらまわりに言われてもそう思えない。自分がそう思えないと、いつまで経っても不安だよね。だからオーダーするときに「私がしっかり納得するように」という言葉を添えるのは大事。

いろいろなことを思いつつ、帰宅。

リビングでのふたりの会話をキッチンで聞いていてウケた。

突然「ウチュウ、ウチュウ」と言い出したプリンスに対して夫が言う。

夫「そうだよ、ママはウチュウ（宇宙）だよ」

プ「パパは？」

夫「……地球」

4月21日（日）

ああ、気持ちがいい。床の水拭きを始めてから本当に快調。

今日も夫はゴルフなので、寝室を掃除した。外はポカポカ。

幻冬舎の担当Sさんの家に、プリンスと一緒に遊びに行く。

小学校3年生のY君が、とても知的な子で驚いた。恐竜博士並みに恐竜にハマった幼少期があったそうで、恐竜の話を詳しく丁寧に教えてくれた。それが大人が聞いていても面白く、真剣にいろいろと質問したくなる話し方で、非常に大人っぽい。

「3歳のときにトーマスにハマって全種類名前を覚えたんだけど、その記憶はまったくないらしくて、でも3歳からの恐竜については今でも全部覚えているから、3歳以降の記憶は残るんだと思う」

と言っていた、なるほどね。もちろん3歳までに刺激を受けた感性、知識や知恵はベースに残っているけどね。

会ったときにぐっすり寝ていたプリンスのことを「早く起きないかな、遊びたいのにな」なんて言ってくれて、とても優しい。その後すぐに起きて一緒に遊び始めたときの会話もよかった。いいね、プリンスにもこういう感じになって欲しいな。

鯛飯、レンコン入りの鳥のつくね、そら豆とグリーンピース、トマト、野菜のお吸い物をいただく。数年前からお米を土鍋で炊き始めたという彼女。土鍋か……。

その後、明治神宮の芝生に行って遊ぶ。ブドウやイチゴをパクパク食べて、転げまわっていた。

家に帰って夕食まで昼寝。

4月22日(月)

すごくいい夢を見た。恋愛が始まる夢……あの感覚、いいよね、と夫に話しながらの朝食。寝室を掃除した影響か……。

「それ誰と？　誰となの？」と言っている。

タイに行っている友人からガネーシャの写真がたくさん送られてきた。ガネーシャ、大好き。プリンスに見せたら「ゾウ！」と叫んでいる。ま、正しいね。

4月24日(水)

最近のプリンスの好きな絵本は『わたしのおふねマギーB』。寝る前に持ってくる絵本の中に入るようになった。結構難しい文章があるし、カラーと白黒が交互なので、わかるかな、と思っていたけど、ジーッと聞き入っている。これは私も好きな本なので、うれしい。いくつか好きな表現がある。

絵本について思うことは、最近、賞をとっている児童書はみんな、大人の感情に訴えるようなものばかりだな、と思う。なにか大事なことを意図的に教えるような本。または、大人目線でのちょっと変わった面白い本。でもそれらを読んでいても私はピンとこない。

子供って、もっとなんていうことはない、まさに『ぐりとぐら』のような本が好きだと思う。『ぐりとぐら』には、特別道徳的な要素はない。ただのネズミたちのなにげない生活の一コマだ。でも、何度でも読みたくなる。

以前、子供向けの物語を書いていたときに、「どこが悲しくてどこが楽しい場面か起承転結をはっきりさせて、子供の感情を誘導してあげないと」というようなことを言われた。私はまったくそう思わないので変えなかったし、結果的にやめて本当によかったと思っている。

大人が感情を誘導なんてしなくても、子供は自分のペースで感情を震わせる。意外なところに子供の感情は揺さぶられるし、きちんと本質をわかっている。

午後は仕事の打ち合わせ。その後、イーダ・ヴァリッキオさんの絵を見る。日本橋の三越。

4月25日（木）

きのうもそうだったんだけど、朝、ゾウのぬいぐるみに話しかけるプリンス。結構長い時間。途中に、ひれ伏して抱きつくポーズが入る。なにかをお願いしているようだ。

「ガネーシャかな」

「だね」

と夫と話す。明日からオーママと一緒に友人の別荘に行くので、準備と掃除。

4月26日（金）

10時半に東京を出て、中央道の釈迦堂パーキングエリアでウー&チーと待ち合わせる。プリンスが呼びやすいように、これまで書いていた「ウー&チー」のことを「ミー&チー」にする。ウーがミーちゃん。

30分近く早く着いたので車の中でぶどうを食べているところへ……来た来た、ミーちゃん号。プリンスはこのあいだの伊勢志摩旅行を思い出して、「チーちゃーん」と叫んでいる。はじめにイチゴ摘みへ。柔らかい品種なので出荷には適していないんだって。すごく甘い。プリンスも次々と食べて、30分で充分。

買い出しをして別荘へ。

4時頃、早めの夕飯へ行く。ミー&チーの好きな近くの洋食レストランだ。お腹が空いていたのでとてもうれしい。入り口の近くにある鹿の置物にプリンスを乗せたら、座面がぐっしょり濡れていて、あっという間に水浸し……。「あらららららら」とうれしそう。黙々と着替えさせる。

ビーフカレー4人分とステーキ、フィッシュ&チップスとフレンチフライを頼む。付け合わせの野菜もたっぷりしていて、お肉も柔らかく、美味しい。

帰って、荷物を解いて、くつろぐ。

8時頃から、今度は焼き豚とチーズと生ハムと野菜などを出して乾杯する。はじめの1本は、このあいだフランスで買って送った夫のオススメの白ワイン。

その人がいくらそれを望んでも、「あなたにはその役割はない」ということってあるよね、という話になる。

たとえば、人にアドバイスをするようなガイダンス的なこと、カウンセリング的なこと。学問的なカウンセリングや習えば誰でもできるコーチング的なことならいいけれど、そこで見えたことや感じたことを相手に伝えるような、少々スピリチュアルな要素のある形のセッションは、できる人とできない人がいる。そういうことをしているすべての人がウソではない。確実に、そういうものが見える人はいるし、素晴らしいガイダンスによって、相手の人生をプラスに開く役目のある人はたくさんいる。

でも、少々見えるとか、感じるとかいうのは誰にでもある力。そこを鍛えれば、よりはっきりと見えたり感じたりするようにはなるけれど、それは自分のためにすればいいことで、その程度の力（誰でにもある力）で人からお金をとって見えたことを他人に話すのって……（笑）。

「そこでなにかを勘違いしたまま進むと、まあ、それ相応のことが起こるよね」

「変なことに巻き込まれるような、ね」

「そうそう」

おかしなことを始めると、おかしなことが起こる、ということ。相応だ。

プリンスはチーちゃんの連れてきた犬のハナちゃんに夢中。食事のときも、お昼寝のときも、ずーっとそばにくっついている。背中を撫ぜたり、尻尾をつかんだりして。おばあさんのハナちゃんはさぞ迷惑だろう。突然やってきた怪獣。平和だったやすらぎの里が試練の場に感じているはず……気の毒。

ネットフリックスでコンマリちゃんのアメリカのお片付けの番組を見た。コンマリちゃんって、こういう感じなのか。実は先月、コンマリちゃんから、私が以前書いた表現を自分の本でも使いたい、という連絡をいただいた。もちろん快諾した。

掃除の力はすごいよね。これを見て、私もますます掃除しようと決める。帰るのも楽しみってものだ。

4月27日(土)

目が覚めて、横になったまま見上げた窓の向こうに、遠くの山小屋の三角屋根が見えた。小さな頃のスキー合宿のよう。

今日も予報は雪だったのに、晴れている。

下のリビングをのぞくと、ミーちゃんがすでに起きていた。

朝風呂に入る。窓を開けると林の中。

お風呂から出て、ダイニングテーブルに置いてあったカードをおもむろに引いたら、「Clear the Space」だって。きのう、あれだけ掃除のエネルギーになったからね。

夫に電話したら、「この週末は掃除の日にした、朝からオフィスの書類をどんどん整理している」とのこと。「え、すごいシンクロ！」と興奮して話す。


きのう食べすぎたので、今日は少なめに、と思っているのに、朝から美味しそうなはちみつトーストが出てきてパクパクと、いつも以上にたくさん食べた。

「今年のゴールデンウィークは10日もあるからいつもできないことをしたいな」

とチーちゃん
「たとえば？」

「それを今考えてるのよっ」

ふふふ。

このあいだ、「てっぺん」の大嶋さんが講演していた話をした。

帆「自分の可能性は、今の自分の何倍あるか、知ってる？」

ミ「う〜ん……3000倍？」

帆「でしょ？　大きく言ってもそのくらいだと思うでしょ？　30000倍なんだって。少なくとも、30000倍」

ミ「へ〜」

オ「ミーちゃん、今、3っていう数字が浮かんだの？」
ミ「そう、だから3000って言ったの、惜しかったな」
帆「で、その可能性を開くにはね、自分の可能性にワクワクすることなんだって」
ミ「……なるほどね～」
ミーちゃんがこういう反応をするときは、ものすごく思い当たることや感じ入ることがあるときだ。声に出して反応するまでにしばらく沈黙があって、「なるほどね～」とつぶやくとき。
チ「自分の可能性にワクワク、それだけでテンション上がるねーーーー」
少し太陽も出てきたので、プリンスと裏の川に行ってみる。
ちょうどいい木に鳥の餌台と巣箱があった。

4時前に軽井沢へ向けて出発。

プリンスは、自分のリュックをちんまりとしょって車に乗り込み、後ろのシートに収まってミーちゃんたちに手を振っている。

軽井沢まで1時間半くらい、のどかな里山の道だ。ずっと街道を走っていると運転している私が飽きるので、あえてグーグルから裏道を走るルートを選んだ。

帆「さっきの、自分の可能性にワクワクするという話、あれはこれから新しいことをしていく今の私に必要だから、大嶋さんの言葉を借りて宇宙が教えてくれているんだと思わない？」

オ「うんうん」

帆「でもその根底には、私がこれをしたいっていう思いがあったからだと思うのよ。その人が望んでいることとの方法を宇宙が全部教えてくれるよね、それに必要な心構えだったり、たとえば同じ人に偶然3回会わせて、この人に連絡したほうがいい、と知らせるとかね、だとしたら、こんな簡単なこと、ないね」

オ「そうね、毎日楽しくしていて、掃除もして（笑）、やりたいことをワクワク考えていれば方法がやってくる」

たまに街道沿いに建っている大きな牛とかソフトクリームのオブジェを見て、後ろの席で「お！」とか言っているプリンス。「うし！」とか「アイスクリーム！」とか。モデルハウスの展示場にアンパンマンの大きなバルーン（中に入って遊べるあれ）があったときは「あぁ、アンパンマンね」とつぶやいていた。

やっと着いた。グーグルの裏道ルートは、本当に裏道を通らされるから困る、疲れた。

家の中を見てまわる。工事がすっかり終わってデッキが新しくなっていた。

プリンスはお風呂に入って、すぐ寝た。

私たちはあり合わせのもので夕食にする。パスタとサラダ、お味噌汁など。

4月28日（日）

今日からは、天気予報も快晴。

新しいテラス、とてもいい。床の高さを上げたら、リビングと続いているようでこれまでより広く見える。

プリンスはまだ寝ている。

朝食でオーママとおととい話した「役割が違う」の話になった。

「それになりたいと思って、自分もそれを始めるのは構わないと思うの。誰だって究極は自己満足なんだから。でも、それを他人に押し付けようとするところから違うものになるのよね」

とオーママ。

オ「絵で考えるとわかりやすいんだけど、絵を描いて自己満足に浸っているのはいいじゃない？　でもそれを、『これ、素敵でしょ？　いいでしょ？（買わない？）』と始めたら違うということよ（笑）」

絵を一生懸命描いていたら、それを欲しいという人が出始めて、いつの間にかそれが売り物になって仕事になった……というのは最も理想的な流れだろう。そして有能なスピリチュアルカウンセラーというような類《たぐい》の人は、たいていこのパターン。本人はいつでもやめようと思っているけれど、どんどん広がっていってしまう、という形。

プリンスが起きてきたので買い出しに行く。

3人で車に乗り、「準備オーケーですか？」と言ったら、「オッケー、ゴーゴー」なんて声が後ろから聞こえてオーママと後ろを振り返る。

2日分の食料を買う。お肉とお刺身、多し。

戻ってから、それぞれに好きなことを。

オーママが、「あらいいものがあるわ」とデッキの隅を見て声を上げた。大工さんがデッキを修理したときに、余ったヒノキの木材を置いていってくれたみたい。ちょうどよさそうなサイズのものを段ボール1箱分運んで、プリンスの積み木にする。ヒノキの香りがする。

それから暖炉に火をおこして、焼き芋を入れた。


子供に刺激を与えるってすごいことだなと思う。

プリンスは26日のたった一日でずいぶん成長した気がする。はじめての人の家に泊まり、あんなに犬と遊び、はじめて川を見ただけで、いろんなことを言うようになった。

リアクションがいいのは相変わらずで、さっきもテレビで「大改造!!劇的ビフォーアフター」がやっていたときに、「なんということでしょう」のアナウンスとともに「おおおおおおお」と手を叩いていた。

4月29日（月）

軽井沢にいると、仕事がはかどる。

「この自然のせいかな」と言ったら、「……フッ。私がいるからよ」とオーママに言われる……はい、そうです、その通り！

でもそれだけではなくて、オーママといろんな話を深めることができるからだと思う。話しているうちに考えがまとまったり、答えが出たり。

結婚についての話になった。

私は結婚するまで、自分にこんなにはっきりした主張ややりたいことがあるとは思っていなかった。あるほうだとは思っていたけれど、ここまでとは……（笑）。

だから私は自分の自由が奪われる結婚は本当に無理、と結婚してからよくわかったので、夫に心から感謝している。

ある人（女性）が「政治家と結婚したい」と言っていて、それは私には「絶対に結婚したくない職業」のひとつだったので、本当にいろんな人がいると再確認させられた。自分の言動が常にまわりの人に監視され、しかも自分は政治家本人ではなくただの奥さんなのに、暗黙の拘束に縛られ続ける生活……無理。

でもたとえば政治家の家で育った人は、それが普通と思うだろうし（もちろん、反発で真逆を望む場合もあるけど）、私ほどは違和感を覚えないだろう。

結局は、そこだと思う。私は自分の育ってきた環境からしても、私自身の性格からしても、自分でビジネスをしている人（本人が創業者）といるのが一番心地よいけど、「不安定な実業家よりも安定したサラリーマンのほうが絶対にいい」という人もいるし、「絶対に医者がいい」という人もいるから、その人の育ってきた環境によってよいと思うのは変わる……当たり前だけど、思っている以上に価値観は様々だと再認識。

なにが言いたいかというと、結局、自分に合う人と結婚するには（出会うには）、「いつも自然体でいることだな」と思う。その人が自然体でいれば、それに合う人がやってくる。結局、相応の人。

私の場合は、夫と結婚するときそこまで深く相手のことをわかっていなかったけれど、生活してみて、実はものすごく合うことがわかった。意外だった。もうすぐ40代という頃に、自分の性格再発見、というようなもの。

そして20代、30代に自分が求めていた人と結婚していたら、私は絶対に合わなかっただろうな、と今ならよくわかる。

結局、普段から自然にしていて自然に気持ちが盛り上がる人と結婚すれば、結果的にそうなれる気がする。相応だ。

あ、でも違うのか。自分が無理をして変わってまで、こういう人と結婚したい、と思う人もいるんだもんね……。そういう人は、その努力を結婚後もずーっとしていく覚悟があればいいんじゃないかな。その変化、「努力」と言えば聞こえはいいけれど、これまでの自分ではないものになることを求められ続けるので、結構大変だと思う。


さて、今日のオーママのやりたいことは、裏庭の柵を新しい色に塗り替えること。

今、私たちは、この軽井沢の家に対してある野望を持っていて、それを考えると思わず「ニヤリ」としてしまう。2年ほど前に出た話だけど、最近一段進んだような気がしていて、来るたびにそのことをみんなで想像しては楽しんでいる。

その野望が実現する可能性は、一般的にはかなり確率が低いと思われるので、今は完全に私たちの想像の域だ。でも父や夫も巻き込んで、すでにそうなる感覚で話をしている。ああ、先の展開が楽しみ。


プリンスは、ずーっと積み木。積み木で橋を作って壊して、それにつまずいて転んで、ついでにそれを枕にして横になり、最後は抱いて眠ってた。

きのうの夕食はうなぎだったので、今日は焼肉。

プリンスには野菜たっぷりのそぼろご飯を作る。

ここに置いてあった『大きなかぶ』の絵本を毎日読んでいるプリンス。

「おばあさんは孫を呼んできました」の「孫」という言葉が気に入ったようで、寝る前になると「まごの本は？」と聞いてくる。

4月30日（火）
今日は雨。今日も早朝から仕事。
プリンスは軽井沢では眠りが深い。

お昼頃、夫を迎えに軽井沢駅へ。さすがに駅は混んでいて、いつも車を停めるところもいっぱい。通りの先まで行ってようやく停める。

夫が来るとき、軽井沢はいつも雨。

「爽やかな軽井沢のイメージがまったくないよねーーー」と言ったら、「え？　軽井沢って雨の町じゃなかった？」なんて言ってニヤついてる。

ツルヤへ行く道が混んでいるのは想像通りだけど、横の道から駐車場に入るまでに30分くらいかかった。こんなのはじめてじゃないかな。駐車場の中も、誰かが誘導してくれるわけではなく、たまたま空いたスペースにパッと停めるしかなくて、かなりの運試し。でもこういうのが得意な私は、今日もたまたま目の前に空いたスペースにパパッと入れて、褒められる。

今日は「退位礼正殿の儀」。今日が平成最後の日だ。
テレビを見ながら乾杯をして、夕食が始まる。すき焼きやお雑煮など。
夫「またお正月の気分だね」
帆「いいね、こういうのも、年の真ん中で新鮮な気持ちになれて」
夫「あけましておめでとうございます」
オ「おめでとうございます」
父に電話した。新年なので。

夫「今年やりたいこと100、また書く？（笑）」
オ「え？　また？　もういいんじゃない？」
帆「あぁ、異常に平和で退屈……、新しい波、求む！」
とか話しながら、「令和」になった。

あとがき

２０１８年の秋から２０１９年の初夏は、平和に穏やかに流れ、そのせいもあってか妙に変化を求めていました。マンネリ化した生活に変化を起こしたい……それはそのマンネリ化した生活自体を変えたいというよりも、自分を成長させたい、レベルアップさせたいという欲求でした。その感覚は数年に一度、私に定期的にやってくる波で、前回が２０１４年だったこともよく覚えています。

同時に、特に変わったことのない日常だからこそ、なんとなくまわりに流されるのは避けたいと、自分の感覚をもっと大切にしたいと思っていました。なにかを決めるときに、それを好きかどうかいつも自分の心に聞いてみる、好きかどうかが唯一の基準……。この時期の「もがき」を経て、２０１９年後半、瞑想と出会います。

日記に登場してくださった皆さま、廣済堂出版編集のＩさん、その他関わってくださった方々に心から御礼申し上げます。令和の時代到来、それぞれが本当の自分を生きることができますように。

浅見帆帆子

本書は書き下ろしです

著者へのお便りは、以下の宛先までお願いします。
〒101-0052　東京都千代田区神田小川町2-3-13 M&Cビル7F
株式会社廣済堂出版　編集部気付
浅見帆帆子　行

公式サイト
http://www.hohoko-style.com
公式フェイスブック
http://facebook.com/hohokoasami
アメーバ公式ブログ「あなたは絶対！運がいい」
https://ameblo.jp/hohoko-asami
浅見帆帆子デザインジュエリー「AMIRI」
http://hoho-amiri.com
ダイジョーブタ ツイッター
http://twitter.com/daijobuta

それが好きか、心に聞いてみる

毎日、ふと思う⑲　帆帆子の日記

2020年6月10日　第1版第1刷

著　者 ── 浅見帆帆子
発行者 ── 後藤高志
発行所 ── 株式会社廣済堂出版
〒101-0052 東京都千代田区神田小川町2-3-13　M&Cビル7F
電話03-6703-0964（編集）　03-6703-0962（販売）
Fax 03-6703-0963（販売）
振替00180-0-164137
https://www.kosaido-pub.co.jp

印刷・製本 ── 株式会社廣済堂

ブックデザイン・DTP ── 清原一隆（KIYO DESIGN）

ISBN978-4-331-52290-5 C0095